Disney

みんなが知らない 白雪姫

なぜ女王は魔女になったのか

著／セレナ・ヴァレンティーノ
訳／岡田好惠

講談社

もくじ

前《まえ》書《が》き

鏡《かがみ》はどこからやってきた？
女王《じょおう》が魔女《まじょ》になった、そのわけは？

さて、皆《みな》さん。
『白雪姫《しらゆきひめ》』と言《い》えば、まず、りんご。次《つぎ》に継母《ままはは》、そして〈鏡《かがみ》〉。
そう、意地悪《いじわる》な継母《ままはは》が、毎日《まいにち》のように、
「鏡《かがみ》よ、鏡《かがみ》。国中《くにじゅう》で一番美《いちばんうつく》しいのは誰《だれ》？」
と、問《と》いかける、あの鏡《かがみ》ですが――。
あのふしぎな鏡《かがみ》は、いったいどこから来《き》たんでしょう？
あなたは、ご存《ぞん》じですか？

もともと、お城《しろ》にあったのか、継母《ままはは》が持《も》ってきたのか、それとも――。
どんな有名《ゆうめい》な童話《どうわ》も伝説《でんせつ》も、答《こた》えを教《おし》えてはくれません。
むかし話《ばなし》の『白雪姫《しらゆきひめ》』では、継母《ままはは》はすでに王妃《おうひ》で、鏡《かがみ》を持《も》っています。
しかも、「王妃《おうひ》」には、名前《なまえ》さえないのです。
今回《こんかい》ご紹介《しょうかい》するのは、みんなが知《し》らない、白雪姫《しらゆきひめ》の継母《ままはは》のお話《はなし》。
継母《ままはは》がどんな家《いえ》のどんな娘《むすめ》で、なぜ国王《こくおう》と結婚《けっこん》することになったのか。
あの鏡《かがみ》が、どうして、継母《ままはは》の手《て》にわたったのか。
そして王妃《おうひ》となり女王《じょおう》となった継母《ままはは》が、なぜ白雪姫《しらゆきひめ》をいじめるようになったのか。
驚《おどろ》くべき事情《じじょう》が、次々《つぎつぎ》と明《あき》らかになります。
さあ、ごいっしょに、継母《ままはは》の心《こころ》をのぞく旅《たび》に出《で》かけましょう。
ページをめくるとすぐ、継母《ままはは》の名前《なまえ》もわかりますよ。
では――出発《しゅっぱつ》！

みんなが知らない

白雪姫

なぜ女王は魔女になったのか

1 鏡作《かがみづく》りの娘《むすめ》

お城《しろ》の中庭《なかにわ》を囲《かこ》むりんごの木立《こだち》は、今《いま》が花盛《はなざか》り。緑《みどり》の若葉《わかば》と淡《あわ》いピンクの花《はな》、枝《えだ》につけられた銀色《ぎんいろ》の飾《かざ》りが、明《あか》るい日差《ひざ》しにきらめいています。

きょうは国王《こくおう》の二度目《どめ》の結婚式《けっこんしき》。広《ひろ》い石段《いしだん》の下《した》には、古《ふる》い石《いし》の井戸《いど》がひとつ。井戸《いど》の柱《はしら》には、くちなしとふじの花《はな》を編《あ》みこんだ花綱《はなづな》が飾《かざ》られ、まわりの地面《じめん》には先《さき》ほど、ピンクと赤《あか》のばらの花《はな》びらが、たっぷりと撒《ま》かれました。城門《じょうもん》の前《まえ》には儀式用《ぎしきよう》の制服《せいふく》を着《き》た従者《じゅうしゃ》たちがずらりと並《なら》んで、結婚式《けっこんしき》の客《きゃく》を迎《むか》えています。

井戸《いど》のまわりは、国王《こくおう》の親類《しんるい》や近《ちか》くの王国《おうこく》から来《き》た王侯貴族《おうこうきぞく》でいっぱいになりました。

「こんどの花嫁《はなよめ》も、大変《たいへん》な美人《びじん》だそうですぞ。」

「なんでも、あの有名《ゆうめい》な鏡作《かがみづく》り職人《しょくにん》の娘《むすめ》で――。」

「名前《なまえ》はたしか――グリムヒルデとか。」

誰《だれ》もが、新《あら》たに王妃《おうひ》となる娘《むすめ》の登場《とうじょう》を、今《いま》か今《いま》かと待《ま》ちあぐねています。

花嫁《はなよめ》グリムヒルデは、花嫁《はなよめ》のための控《ひか》えの間《ま》でひとり、不安《ふあん》そうに手鏡《てかがみ》を見《み》つめていました。

（こんな短《みじか》いあいだに、わたしの人生《じんせい》は変《か》わった。まるで長《なが》い闇《やみ》のなかからとつぜん、光《ひか》り輝《かがや》く世界《せかい》へ出《で》たよう。こわいわ。ほんとうに、こわい……。でも、いいことだけを考《かんが》えましょう。わたしは愛《あい》する人《ひと》と結婚《けっこん》し、可愛《かわい》い継娘《ままむすめ》までできた。しかも、広大《こうだい》な国《くに》の王妃《おうひ》になるの。さあ、がんばって！）

自分《じぶん》にそう言《い》い聞《き》かせたとき、ドアの外《そと》で、

「失礼《しつれい》いたします。そろそろお時間《じかん》でございますよ。」

とやさしい声《こえ》が聞《き》こえ、空色《そらいろ》の瞳《ひとみ》と透《す》き通《とお》るような美《うつく》しい肌《はだ》、豊《ゆた》かな髪《かみ》を持《も》つ、若々《わかわか》しい美人《びじん》が顔《かお》を出《だ》しました。侍女《じじょ》のベローナです。

ベローナのあとから、三、四歳《さい》の幼《おさな》い姫《ひめ》が、ちょこちょこと入《はい》ってきました。積《つ》もりたての雪《ゆき》より白《しろ》い肌《はだ》、ふっくらした、可愛《かわい》いくちびる、真《ま》っ黒《くろ》な髪《かみ》。そしてベルベットの赤《あか》いドレス。幼《おさな》いながらも、陶器《とうき》の人形《にんぎょう》のように美《うつく》しい姫《ひめ》はお城《しろ》の皆《みな》から、

「白雪姫《しらゆきひめ》」と呼《よ》ばれています。

「こんにちは、わたしの可愛《かわい》い小鳥《ことり》ちゃん。きょうは特別《とくべつ》、おきれいね。」

グリムヒルデが呼《よ》びかけると、白雪姫《しらゆきひめ》は真《ま》っ赤《か》になり、ベローナのスカートの後《うし》ろから、継母《ままはは》となる人《ひと》をのぞき見《み》ました。

「新《あたら》しいお母《かあ》さまも、とてもおきれいですわね。姫《ひめ》さま。」

ベローナがひざまずき、白雪姫《しらゆきひめ》にささやくと、

「おかあしゃまも、とってもおきれい！」

白雪姫《しらゆきひめ》はぱっとほほえみ、ベローナに背中《せなか》を押《お》されるままに、グリムヒルデの腕《うで》の

なかにとびこんできました。

（可愛《かわい》い！　美《うつく》しい小鳥《ことり》のよう！）

そう思《おも》いながらも、グリムヒルデは姫《ひめ》の美《うつく》しさに恐《おそ》れをなし、

（末《すえ》はきっと、ねたましいほどの美人《びじん》になるのでしょうね。わたしにはとてもかなわない、すばらしい美人《びじん》に。）

と、心《こころ》のなかで、ひそかにため息《いき》をつきました。するとベローナが、

「王妃《おうひ》さまは、ほんとうにお美《うつく》しいですわ。」

まるでグリムヒルデの心《こころ》を読《よ》んだように、ほほえみました。

グリムヒルデは思《おも》わず、手鏡《てかがみ》を取《と》り上《あ》げました。すると、鏡《かがみ》の向《む》こうから亡《な》き母《はは》に見返《みかえ》されたような錯覚《さっかく》に陥《おちい》ったのです。そういえば王《おう》からも、母《はは》とそっくりだと言《い》われたことがありました。けれどもこうして、亡《な》き母《はは》のウェディング・ドレスをまとうまでは、とてもそうとは思《おも》えませんでした。黒《くろ》い小鳥《ことり》の群《む》れの刺繍《ししゅう》に、黒水晶《くろずいしょう》のつぶを華《はな》やかに散《ち》らした、深紅《しんく》のウェディング・ドレスは、長《なが》い年月《ねんげつ》を経《へ》ても、少《すこ》しも輝《かがや》

きを失《うしな》っていませんでした。

グリムヒルデは母《はは》を肖像画《しょうぞうが》でしか知《し》りません。けれども、その美《うつく》しさには、幼《おさな》いときから憧《あこが》れつづけてきました。そして結婚式《けっこんしき》を前《まえ》にした今《いま》、グリムヒルデは、美《うつく》しい母《はは》がここにいて、やさしく抱《だ》きしめてくれたらと、心《こころ》から思《おも》っていました。

ふと見《み》ると、白雪姫《しらゆきひめ》はひとりで窓辺《まどべ》に立《た》ち、カーテンのリボンをいじっています。どこか寂《さび》しそうなその姿《すがた》に、グリムヒルデは思《おも》わずため息《いき》をつきました。

(わたしではだめ。どんなに愛《あい》しても、この子《こ》の亡《な》くなったお母《かあ》さまの代《か》わりにはなれないわ……。)

グリムヒルデは、ベローナを呼《よ》んで姫《ひめ》の相手《あいて》をさせると、有名《ゆうめい》な鏡作《かがみづく》りだった父《ちち》の店《みせ》で、初《はじ》めて王《おう》と会《あ》った日《ひ》のことを思《おも》い返《かえ》しました。

その日《ひ》、王《おう》は従者《じゅうしゃ》たちを従《したが》えて、父《ちち》の店《みせ》を訪《おとず》れ、鏡《かがみ》をひとつ献上《けんじょう》されて、帰《かえ》りかけました。そこへグリムヒルデが、庭《にわ》の古《ふる》い井戸《いど》からくんだ水《みず》を満《み》たしたバケツを下《さ》げて、歩《ある》いてきたのです。王《おう》は従者《じゅうしゃ》たちに、止《と》まるよう命《めい》じ、

「あれは、どこの娘《むすめ》か？」

とたずねました。

「鏡作《かがみづく》りの娘《むすめ》グリムヒルデでございます、陛下《へいか》。」

ひとりの従者《じゅうしゃ》が答《こた》えました。

王《おう》はグリムヒルデにつかつかと歩《あゆ》み寄《よ》ると、手《て》をとりました。グリムヒルデは驚《おどろ》いて、思《おも》わずバケツを取《と》り落《お》とし――王《おう》のブーツが、なかまでぐしょぬれになりました。

「申《もう》し訳《わけ》ございません、陛下《へいか》。どうか、どうか、お許《ゆる》しを。」

真《ま》っ青《さお》な顔《かお》で謝罪《しゃざい》するグリムヒルデに、若《わか》き王《おう》はにっこりとほほえみかけ、

「グリムヒルデか？　父《ちち》の作品《さくひん》のなかでも、そなたが最高傑作《さいこうけっさく》だな。」

と言《い》ったのです。グリムヒルデはますますあわて、

「陛下《へいか》、どうか、ご冗談《じょうだん》はおやめくださいませ。」

やっとの思《おも》いで言《い》いました。ところが王《おう》は真顔《まがお》になり、

「冗談《じょうだん》などではない。グリムヒルデよ。そなたはこの国一《くにいち》の美人《びじん》。いや、余《よ》が知《し》る限《かぎ》り、世界《せかい》で最《もっと》も美《うつく》しい娘《むすめ》。そなたの父《ちち》は、そなたの姿《すがた》を映《うつ》すために鏡《かがみ》を作《つく》っているのであろう。」

と言《い》い返《かえ》したのです。そして、恐《おそ》れ入《い》り、ただうつむくばかりのグリムヒルデに、

「すぐまた来《く》るぞ。」

と言《い》い置《お》くと、馬《うま》にまたがり、風《かぜ》のように去《さ》っていきました。グリムヒルデの父《ちち》はにやりと笑《わら》い、

「ふふん、王《おう》に魔法《まほう》をかけたか、この魔女《まじょ》めが。」にくにくしげに言《い》いました。そのあいだにも、馬上《ばじょう》の王《おう》の姿《すがた》は丘《おか》を越《こ》え、次《つぎ》の谷《たに》にさしかかり、どんどん小《ちい》さくなって、ついに消《き》えました。

その夜《よる》、グリムヒルデはせまい自室《じしつ》の小《ちい》さなベッドに横《よこ》たわり、昼間《ひるま》のできごとを思《おも》い返《かえ》していました。窓《まど》の外《そと》は満天《まんてん》の星《ほし》。亡《な》き母《はは》が天《てん》から闇《やみ》をぬっておりてくるような気《き》がします。グリムヒルデは、母《はは》と並《なら》んでこの星空《ほしぞら》を飛《と》べたら、どれほど楽《たの》しいこ

とかと思《おも》いました。

すると、母《はは》の美《うつく》しい顔《かお》が消《き》え、王《おう》のりりしい姿《すがた》に変《か》わったのです。

（王《おう》さまが、またわたしに会《あ》いにいらっしゃるなんて――あるはずもない。）

グリムヒルデは星空《ほしぞら》に背《せ》を向《む》け、目《め》をとじました。

父《ちち》がこの世《よ》を去《さ》ったのは、その数日後《すうじつご》のこと。

その日《ひ》からグリムヒルデの人生《じんせい》に、とつぜん光《ひかり》が差《さ》しはじめたのです。

父《ちち》が他界《たかい》した翌日《よくじつ》、グリムヒルデは父《ちち》の鏡《かがみ》をすべて家《いえ》の外《そと》に持《も》ち出《だ》しました。大《おお》きい鏡《かがみ》は家《いえ》の塀《へい》にたてかけ、小《ちい》さいのは皆《みな》、近《ちか》くの大木《たいぼく》の枝《えだ》につるしました。いくつもの鏡《かがみ》が風《かぜ》にゆれ、受《う》けた光《ひかり》を、気《き》まぐれな球《たま》のように次々《つぎつぎ》と家《いえ》の壁《かべ》や地面《じめん》に反射《はんしゃ》させるのです。

見《み》る者《もの》の心《こころ》を奪《うば》うふしぎな光景《こうけい》は、町《まち》の噂《うわさ》となりました。

噂《うわさ》はいつの間《ま》にか広《ひろ》まり、国中《くにじゅう》の人々《ひとびと》が見《み》にやってきました。そして王《おう》も。

「父《ちち》の鏡《かがみ》の光《ひかり》を受《う》けて輝《かがや》くその瞳《ひとみ》。おお！　余《よ》をまどわす美《うつく》しき魔女《まじょ》よ。」

王《おう》はグリムヒルデを見《み》つめると言《い》いました。とたんに、父《ちち》の言葉《ことば》がグリムヒルデの脳裏《のうり》によみがえりました——ふふん、王《おう》に魔法《まほう》をかけたか、この魔女《まじょ》めが。

(魔女《まじょ》？　わたしが魔女《まじょ》？　とんでもないわ。ちがう、ちがう！　ちがう！)

王《おう》が家《いえ》のなかに入《はい》っていきます。グリムヒルデはおずおずと、ついていきました。

「これはそなたの肖像《しょうぞう》か？」

王《おう》は、粗末《そまつ》な居間《いま》に飾《かざ》られた肖像画《しょうぞうが》を指差《ゆびさ》して、たずねました。

「いいえ、母《はは》のでございます、陛下《へいか》。わたくしを生《う》むと亡《な》くなりました。」

「そなたは、母《はは》とそっくりだな！」

王《おう》の言葉《ことば》に、グリムヒルデは驚《おどろ》いて目《め》をしばたたかせました。

「そなたは、鏡《かがみ》を見《み》たことがないのか？」

王《おう》は眉《まゆ》をひそめ、グリムヒルデを見返《みかえ》します。

グリムヒルデは、しずかにうなずきました。

幼《おさな》いときからグリムヒルデは、鏡《かがみ》を一度《いちど》も見《み》たことがなかったのです。有名《ゆうめい》な鏡作《かがみづく》りの父《ちち》はなぜか、家《いえ》に一枚《まい》の鏡《かがみ》も置《お》かず、店《みせ》の鏡《かがみ》を見《み》ることを許《ゆる》しませんでした。井《い》戸《ど》の水面《すいめん》に映《うつ》るゆらいだ顔《かお》が、自分《じぶん》の顔《かお》だと思《おも》っていたのです。

若《わか》き王《おう》はその後《ご》も、グリムヒルデのもとを足《あし》しげく訪《たず》ねてくるようになりました。最初《さいしょ》は王《おう》の気《き》まぐれかと思《おも》っていたグリムヒルデも、少《すこ》しずつ王《おう》に心《こころ》を開《ひら》き、ついに王《おう》のまごころを信《しん》じられるようになりました。やがて婚約者《こんやくしゃ》としてお城《しろ》にも招《まね》かれるようになったのです。ともに楽《たの》しむ、豪華《ごうか》な食事《しょくじ》やすばらしい音楽会《おんがくかい》。侍女《じじょ》のベローナや、前王妃《ぜんおうひ》の忘《わす》れ形見《がたみ》、可愛《かわい》い白雪姫《しらゆきひめ》ともすっかり仲良《なかよ》しになり、そして――。

「さあ、まいりましょう、王妃《おうひ》さま。中庭《なかにわ》にはお客《きゃく》さまがおおぜいお集《あつ》まりです。どなたも、新《あたら》しい王妃《おうひ》さまのおでましを、わくわくしてお待《ま》ちですわ。」

ベローナの声《こえ》に、グリムヒルデは我《われ》に返《かえ》り、白雪姫《しらゆきひめ》の手《て》をとりました。

「では、三人《にん》、手《て》をつないで行《い》きましょう。」

控《ひか》え室《しつ》の前《まえ》の、大《おお》きならせん階段《かいだん》をおりると、長《なが》い廊下《ろうか》がのびています。

点々《てんてん》と並《なら》んでいる窓《まど》から、外《そと》の様子《ようす》が見《み》えました。

ベローナが言《い》ったとおり、中庭《なかにわ》は人《ひと》でいっぱい。どの顔《かお》も、新《あら》たな王妃《おうひ》を迎《むか》える興《こう》奮《ふん》に輝《かがや》いています。

最初《さいしょ》の窓《まど》から見《み》えたのは、王《おう》が父《ちち》のように慕《した》う、マーカス大《おお》おじ。通《とお》り過《す》ぎるグリムヒルデに、やさしいほほえみを送《おく》ってきました。

マーカス大《おお》おじは、陽気《ようき》な大柄《おおがら》の貴族《きぞく》で、愛《あい》するおいのために、病気《びょうき》の妻《つま》ビビアンを置《お》いて、結婚式《けっこんしき》にかけつけてきたのです。その横《よこ》にはこげ茶色《ちゃいろ》の目《め》と髪《かみ》とあごひげをたくわえた、筋肉隆々《きんにくりゅうりゅう》の男《おとこ》が並《なら》んでいます。宮廷《きゅうてい》づきの狩人《かりゅうど》ハントマンです。

次《つぎ》の大窓《おおまど》の向《む》こうには、隣国《りんごく》の貴族《きぞく》や従者《じゅうしゃ》たちのあいだに、奇妙《きみょう》な三人《にん》の女《おんな》の姿《すがた》がちらりと見《み》えました。グリムヒルデは、X字形《エックスじがた》の窓格子《まどごうし》の前《まえ》に立《た》ち止《ど》まり、三人《にん》をじっくり観察《かんさつ》しました。

とびぬけて小柄《こがら》。おそろいのきばつなドレスと先《さき》のとがったブーツ。ときどき、けたたましく笑《わら》うのも三人《にん》いっしょ。『奇妙《きみょう》な三姉妹《しまい》』と呼《よ》ばれる、王《おう》のいとこたちです。

お城《しろ》のなかは、シャンデリアや松明《たいまつ》の火《ひ》で、華《はな》やかに照《て》らされています。ときならぬ暑《あつ》さに、グリムヒルデはほてりと、かすかなめまいを感《かん》じながら歩《ある》きつづけます。最後《さいご》の窓《まど》の向《む》こうに、古《ふる》い石《いし》の井戸《いど》が見《み》えてきました。王《おう》がグリムヒルデに出会《であ》ったときの記念《きねん》として、鏡作《かがみづく》りの家《いえ》からお城《しろ》の中庭《なかにわ》に移《うつ》させた、あの井戸《いど》です。

グリムヒルデは、ベローナの無言《むごん》のはげましを感《かん》じながら、井戸《いど》に目《め》を向《む》けました。井戸《いど》の横《よこ》には愛《あい》する王《おう》がこげ茶色《ちゃいろ》の髪《かみ》をそよ風《かぜ》になびかせ、晴《は》れ晴《ば》れとした顔《かお》で新王妃《しんおうひ》を待《ま》ち受《う》けています。

最上等《さいじょうとう》の礼装《れいそう》に身《み》を包《つつ》んだ王《おう》は、普段《ふだん》にまして気高《けだか》く、威厳《いげん》に満《み》ちて見《み》えました。

グリムヒルデは、夢《ゆめ》のなかを漂《ただよ》っているような気分《きぶん》で、中庭《なかにわ》に踏《ふ》みだします。しずしずと通《とお》り過《す》ぎる新王妃《しんおうひ》に、人々《ひとびと》の興味深《きょうみぶか》げな視線《しせん》が注《そそ》がれます。

貴族《きぞく》の娘《むすめ》の大半《たいはん》は、うわべはつつましくほほえみながらも、嫉妬心《しっとしん》でいっぱいです。美《うつく》しく身分《みぶん》の高《たか》いお妃候補《きさきこうほ》なら星《ほし》の数《かず》ほどいるのに、なぜこんないやしい身分《みぶん》の娘《むすめ》をお妃《きさき》にと、いらだっているのが、グリムヒルデには痛《いた》いほどわかりました。

誰《だれ》かが着《つ》けたジャスミンのコサージュの、むせるような香《かお》りにおぼれそうになりながらも、井戸《いど》の横《よこ》に立《た》つ、王《おう》の前《まえ》までやってきました。王《おう》はすばやくグリムヒルデの手《て》をとりました。そのとたん、グリムヒルデの心《こころ》はうそのように落《お》ち着《つ》きました。

そして、結婚式《けっこんしき》が始《はじ》まりました。

グリムヒルデと白雪姫《しらゆきひめ》が王《おう》の両横《りょうよこ》に並《なら》び、祭司《さいし》が前《まえ》に進《すす》み出《で》ます。

王《おう》と新王妃《しんおうひ》は愛《あい》の誓《ちか》いの言葉《ことば》と指輪《ゆびわ》とキスを交《か》わしました。

参列者《さんれつしゃ》たちから、嵐《あらし》のような喝采《かっさい》が起《お》こり、新郎新婦《しんろうしんぷ》にピンクのばらの花《はな》びらが降《ふ》り注《そそ》ぎ――。おとぎ話《ばなし》の絵本《えほん》のような美《うつく》しい光景《こうけい》のなか、

「なんと美《うつく》しい王妃《おうひ》さまだ。」

「しかも、とてもやさしいかたらしい。」

「白雪姫《しらゆきひめ》さまも、新《あたら》しいお母《かあ》さまができて、とてもお喜《よろこ》びだそうだ。」

人々《ひとびと》のささやく声《こえ》を聞《き》きながら、新王妃《しんおうひ》グリムヒルデは、幸《しあわ》せに酔《よ》いしれていました。

数《かぞ》え切《き》れないほどのキスを手《て》に受《う》け、生《う》まれて初《はじ》めて、おおぜいの人《ひと》と踊《おど》りました。

踊《おど》り疲《つか》れた新王妃《しんおうひ》は、舞踏室《ぶとうしつ》のすみまで歩《ある》いていき、白雪姫《しらゆきひめ》を抱《だ》き上《あ》げると、いっしょにケーキをつまみ、ベローナと三人《にん》で、ふたたび踊《おど》りの輪《わ》に入《はい》りました。グリムヒルデの心《こころ》に、幼《おさな》い白雪姫《しらゆきひめ》への愛《あい》が改《あらた》めて湧《わ》き上《あ》がりました。

（可愛《かわい》い小鳥《ことり》。わたしが、あなたを守《まも》ってあげるわ。新《あたら》しい母《はは》として。）

舞踏会《ぶとうかい》が果《は》てると、新《あら》たな家族《かぞく》は別室《べっしつ》に引《ひ》き上《あ》げ、朝《あさ》まで三人《にん》で笑《わら》いながら過《す》ごしました。

そして、いつの間《ま》にか眠《ねむ》りこんだ幼《おさな》い姫《ひめ》を、ふたりで子《こ》ども部屋《べや》へ運《はこ》んでいきました。

「おやすみなさい、可愛《かわい》い小鳥《ことり》ちゃん。」

王妃《おうひ》は、白雪姫《しらゆきひめ》の絹《きぬ》のようになめらかな肌《はだ》にキスすると、そうささやきました。

王《おう》と王妃《おうひ》は、白雪姫《しらゆきひめ》を夢《ゆめ》のなかで遊《あそ》ばせたまま、子《こ》ども部屋《べや》をあとにしました。

王《おう》が王妃《おうひ》の手《て》をとり、王妃《おうひ》の間《ま》へ導《みちび》きます。カーテンのあいだからさしこむ朝日《あさひ》が、部屋《へや》の壁《かべ》にふしぎな影《かげ》を投《な》げかけます。王《おう》と王妃《おうひ》は一瞬《いっしゅん》、たがいを見《み》つめ合《あ》いました。

「余《よ》からの結婚《けっこん》の贈《おく》り物《もの》だ。」

王《おう》が、部屋《へや》の奥《おく》を指差《ゆびさ》しました。

ふり向《む》いた王妃《おうひ》の顔《かお》がたちまち青《あお》ざめました。

「それは――その鏡《かがみ》は――。」

暖炉《だんろ》の上《うえ》に、一台《だい》の見覚《みおぼ》えのある鏡《かがみ》が置《お》かれています。へびの彫刻《ちょうこく》に縁取《ふちど》られ、てっぺんに帽子《ぼうし》がかけられるようになっている、大《おお》きな卵形《たまごがた》の鏡《かがみ》。

「どうした？　そなたの父《ちち》の作《さく》だぞ。傑作《けっさく》だと思《おも》うが――気《き》に入《い》らなかったかな？」

王《おう》は聞《き》きました。王妃《おうひ》はあわて、
「いえ、とんでもないです。ただ……今《いま》は……とても、疲《つか》れて……。」
つぶやくように言《い》うと、うつむきました。
先《さき》ほどまでの幸《しあわ》せな気分《きぶん》が、うそのようにさめていきます。
王《おう》は王妃《おうひ》の肩《かた》を抱《だ》き寄《よ》せ、そっとキスすると、
「そうであろう。さぞ疲《つか》れたはず。大変長《たいへんなが》い一日《いちにち》だったからね。」
とやさしく言《い》いました。
王妃《おうひ》は愛《あい》する夫《おっと》にキスを返《かえ》し、心《こころ》のなかから恐《おそ》れと不安《ふあん》を追《お》い出《だ》そうとしました。
鏡作《かがみづく》りの娘《むすめ》としての暗《くら》い日々《ひび》から、とつぜん王妃《おうひ》となり、新《あたら》しい家族《かぞく》ができたのです。
（だいじょうぶ。この幸《しあわ》せは、たかが鏡《かがみ》ひとつでこわされるようなものではないわ。）
と、自分《じぶん》に言《い》い聞《き》かせました。

2 出陣《しゅつじん》

結婚式《けっこんしき》の四日後《よっかご》、すべての来客《らいきゃく》が引《ひ》き上《あ》げると、国王一家《こくおういっか》はついに家族《かぞく》だけで過《す》ごせることになりました。最後《さいご》に残《のこ》ったマーカス大《おお》おじがグリムヒルデを見《み》つけると、

「おめでとう、王妃《おうひ》や。たがいの顔《かお》を見《み》るのも、これで最後《さいご》かもしれんなあ。」

とあいさつしました。

「まあ、おじさま。どうして、そのようなお言葉《ことば》を？」

マーカス大《おお》おじは、眉《まゆ》をひそめるグリムヒルデにほほえみかけ、

「わしはこれからドラゴン狩《が》りに向《む》かう。命《いのち》をかけた戦《たたか》いだからのう。」

にこにこと言《い》いました。

「でも、ビビアン大《おお》おばさまはどう思《おも》っておられますの？」

「おお！　王妃《おうひ》よ。妻《つま》はドラゴン狩《が》りと聞《き》くたびに取《と》り乱《みだ》す。『あなたは、あたくしといっしょにいるのにあきて、死《し》ぬような冒険《ぼうけん》を求《もと》めるのね！』とかぬかしての。」

グリムヒルデは声《こえ》をたてて笑《わら》い、

「お体《からだ》がよくおなりになったら、ぜひ、ごいっしょにいらしてくださいませね。」

と、心《こころ》から言《い》いました。

「ああ、もちろんだ。そう伝《つた》えるよ。」

マーカス大《おお》おじは、そう言《い》って帰《かえ》りました。お城《しろ》はとつぜん、がらんとしました。

グリムヒルデたちは家族《かぞく》だけの晩餐《ばんさん》を、小広間《しょうひろま》ですることにしました。

小広間《しょうひろま》の石壁《いしかべ》には、戦《たたか》いに向《む》かう騎士《きし》や、池《いけ》の水面《すいめん》に顔《かお》を映《うつ》す美《うつく》しい娘《むすめ》たちの絵《え》がつづられた、何枚《なんまい》もの豪華《ごうか》な続《つづ》き物《もの》の壁掛《かべか》けがかかっています。中央《ちゅうおう》には、大《おお》きな暖《だん》炉《ろ》があり、白《しろ》い大理石《だいりせき》を彫《ほ》って作《つく》られた清楚《せいそ》な女性《じょせい》の顔《かお》がついていました。

(前《まえ》の王妃《おうひ》さまのお顔《かお》かしら？)

グリムヒルデは一瞬《いっしゅん》、そう思《おも》ったものの、王《おう》にたずねることはできませんでした。

王《おう》が、病《やまい》に倒《たお》れた前王妃《ぜんおうひ》を深《ふか》く愛《あい》していたことを、よく知《し》っていたからです。

晩餐《ばんさん》の前《まえ》に、王《おう》は王妃《おうひ》に、全面《ぜんめん》に彫刻《ちょうこく》がほどこされ、騎士《きし》の剣《けん》がハートを貫《つらぬ》く形《かたち》をした錠《じょう》がついた木箱《きばこ》をひとつ、手渡《てわた》しました。

「ここには、前王妃《ぜんおうひ》ローズが、娘《むすめ》に書《か》いた手紙《てがみ》が何通《なんつう》か入《はい》っている。どうだろう？ときをみはからって、そなたから、娘《むすめ》に読《よ》み聞《き》かせてやってほしいのだが――。」

王妃《おうひ》グリムヒルデは感激《かんげき》し、

「もちろん、お引《ひ》き受《う》けいたします。」

と答《こた》えました。


「大《おお》おじさまがお帰《かえ》りになって、一番寂《いちばんさび》しいことは、何《なに》かな？」

王《おう》が聞《き》くと、

「大《おお》おじしゃまから、ドラゴンのおはなしが聞《き》けないこと！」

白雪姫《しらゆきひめ》は大《おお》きな声《こえ》で答《こた》えます。

「そうか、そうか。では、デザートを食《た》べたら、余《よ》とドラゴン狩《が》りごっこをしよう。」

「そのつぎは、おかあしゃまの、おはなしね。ドラゴンがでてくるおはなし！」

若《わか》き国王《こくおう》夫妻《ふさい》は、にこにことうなずきました。

姫《ひめ》は約束《やくそく》どおり王《おう》と遊《あそ》んでもらい、王妃《おうひ》のひざの上《うえ》で、ふしぎなドラゴンのお話《はなし》を聞《き》くと、いつの間《ま》にか眠《ねむ》りこんでしまいました。すると、王《おう》がふいに言《い》ったのです。

「王妃《おうひ》よ、許《ゆる》してくれ。あまりにもはやく、そなたと離《はな》れねばならなくなった。」

「わたくしと――離《はな》れる？　それはいったい？」

王妃《おうひ》は、ぎょっとして、王《おう》の顔《かお》を見《み》つめました。

「敵《てき》が近《ちか》づいてきたのだ。余《よ》は臣下《しんか》を率《ひき》いて出陣《しゅつじん》する。愛《あい》する者《もの》を守《まも》るために。わかってくれ、それが国王《こくおう》の務《つと》めだ。すぐに帰《かえ》る。それまで娘《むすめ》を頼《たの》むぞ。」

「もちろんでございます、王《おう》さま。どうか、どうか、ごぶじでご帰還《きかん》を。」

王妃《おうひ》グリムヒルデは愛《あい》する夫《おっと》の腕《うで》のなかで、涙《なみだ》ながらにうなずきました。

3 怪《あや》しい影《かげ》

それから数《すう》か月間《げつかん》、王妃《おうひ》は夫《おっと》の留守《るす》を忠実《ちゅうじつ》に守《まも》り、多《おお》くのときを、白雪姫《しらゆきひめ》の世話《せわ》にあてました。姫《ひめ》とふたりで森《もり》へピクニックに行《い》ったり、刺繍《ししゅう》を教《おし》えたり。王妃《おうひ》の間《ま》の暖炉《だんろ》の前《まえ》に白雪姫《しらゆきひめ》と座《すわ》り、ドラゴンになった魔女《まじょ》のお話《はなし》を、何度《なんど》も聞《き》かせました。夜《よる》は姫《ひめ》を王妃《おうひ》の部屋《へや》で寝《ね》かせました。

晴《は》れた日《ひ》の午後《ごご》には、よくふたりで前王妃《ぜんおうひ》のお墓《はか》まいりもしました。霊廟《れいびょう》を囲《かこ》む美《うつく》しい花園《はなぞの》の前《まえ》で、王《おう》から渡《わた》された木箱《きばこ》のなかの手紙《てがみ》を読《よ》んで聞《き》かせました。

「わたしの最初《さいしょ》のおかあしゃまは、とてもきれいなかただったの？」

白雪姫《しらゆきひめ》は聞《き》きました。

「ええ、もちろん。お父《とう》さまに、肖像画《しょうぞうが》がないかうかがってみましょうね。」

白雪姫《しらゆきひめ》は、小《ちい》さな可愛《かわい》い眉《まゆ》をひそめ、

「なぜ、わたしの最初《さいしょ》のおかあしゃまが、きれいなかただとわかったの？」

王妃《おうひ》はにっこりほほえみ、

「それはね、わたしの小鳥《ことり》ちゃん。あなたがとてもとても、美人《びじん》だからよ。」

白雪姫《しらゆきひめ》を抱《だ》きしめました。幼《おさな》い姫《ひめ》はこくんとうなずき、

「じゃ、おかあしゃま。最初《さいしょ》のおかあしゃまのことを、もっとお話《はな》しして。」

と、熱心《ねっしん》にねだります。王妃《おうひ》は少《すこ》し考《かんが》えると、言《い》いました。

「たとえば、そうねえ、乗馬《じょうば》がとても、おじょうずだったようよ。わたしも乗馬《じょうば》が得《とく》意《い》なの。こんど、いっしょに乗《の》りましょうか。」

「ほんとに？　おかあしゃま。わたし、お馬《うま》が大《だい》すきなの！」

そのとき、雨《あめ》がぽつぽつと降《ふ》りだしました。

ふたりは急《いそ》いで花《はな》をつみ、手《て》をつないでお城《しろ》へと走《はし》りだします。

「まあ、大変《たいへん》！　おふたりとも、びしょぬれでございますよ！　お花《はな》も！」

ベローナはふたりから雨《あめ》にぬれた花々《はなばな》を受《う》け取《と》ると言《い》いました。

そして急《いそ》いで小間使《こまづか》いを呼《よ》ぶと、白雪姫《しらゆきひめ》をお風呂《ふろ》に入《い》れるように指示《しじ》し、

「王妃《おうひ》さまも、どうかお風呂《ふろ》をお使《つか》いくださいませ。用意《ようい》はもうできております。」

と言《い》いました。

豪華《ごうか》な王妃《おうひ》の間《ま》の一角《いっかく》に、ベローナが運《はこ》びこませたバスタブが湯気《ゆげ》をたてています。温《あたた》かいお風呂《ふろ》は、王妃《おうひ》の芯《しん》まで冷《ひ》えた体《からだ》を心地《ここち》よく温《あたた》めてくれました。

「あの、王妃《おうひ》さま——。」

ついたての向《む》こうから、ベローナが恐《おそ》る恐《おそ》る呼《よ》びかけました。

「白雪姫《しらゆきひめ》さまが少々《しょうしょう》沈《しず》んでいらっしゃるご様子《ようす》で。お父《とう》さまが恋《こい》しくていらっしゃるのでございましょう。出過《です》ぎたことでございますが、ちょっとしたお気晴《きば》らしをなさってはいかがか、と。」

王妃《おうひ》はしばらく考《かんが》えた末《すえ》に、言《い》いました。

「ありがとう、ベローナ。心《こころ》からお礼《れい》を言《い》います。で、気晴《きば》らしとは？」

「ご領地《りょうち》の村《むら》の、〈りんごの花祭《はなまつ》り〉をごらんになるのは、いかがでございます？もし王妃《おうひ》さまと姫《ひめ》さまが祭《まつ》りにおでましくだされば、村人《むらびと》たちはさぞ喜《よろこ》びましょう。」

「そなたも、付《つ》き添《そ》ってくれるのでしょうね？」

「もちろん、おともをさせていただきます、王妃《おうひ》さま。」

「ならば、ぜひ。」

「ありがとうございます、王妃《おうひ》さま。」

ついたての向《む》こうで、ベローナはスカートのすそをつまみ、優雅《ゆうが》に会釈《えしゃく》しました。

「お風呂《ふろ》から上《あ》がられましたら、お着替《きが》えのお手伝《てつだ》いを――。」

「ありがとう。もう出《で》たわ。でも、あとはひとりでします。」

ベローナを下《さ》がらせ、バスローブをまとって、鏡《かがみ》に向《む》かったとたん、王妃《おうひ》はなんともいやな気分《きぶん》に襲《おそ》われました。背後《はいご》で、何《なに》か正体《しょうたい》のしれぬ、恐《おそ》ろしいものが動《うご》いたように思《おも》ったのです。結婚《けっこん》の記念《きねん》に王《おう》から贈《おく》られた鏡《かがみ》に、何《なに》かが、いや何者《なにもの》かが映《うつ》ったのです。

(いったい、誰《だれ》!?)

王妃《おうひ》はすばやく、あたりを見回《みまわ》しました。けれども部屋《へや》には自分以外《じぶんいがい》、誰《だれ》もいません。ベローナは用件《ようけん》を伝《つた》えるとすぐ鍵《かぎ》をかけて出《で》ていきました。怪《あや》しい者《もの》が入《はい》りこめるすきなど、けっしてないはず。

(でも鏡《かがみ》のなかには、たしかに人《ひと》の顔《かお》が見《み》えた。ちょうど肩《かた》の後《うし》ろあたりに。)

王妃《おうひ》は鏡《かがみ》をのぞきこみ、部屋《へや》のなかを見《み》て回《まわ》りました。

(これはきっと目《め》の錯覚《さっかく》よ。そうにきまっている。でも……。)

玉座《ぎょくざ》のようなひじかけ椅子《いす》に座《すわ》りこむと、両手《りょうて》に顔《かお》をうずめました。

(ああ、もういや! 王《おう》さまはいつ、お帰《かえ》りになるの? いつ?)

それから、よろよろと立《た》ち上《あ》がり、鏡《かがみ》のほうへ歩《ある》いていきました。

(まさか、この鏡《かがみ》が呪《のろ》われているということは?)

こわごわ、鏡《かがみ》をのぞきこんだとたん、

「王妃《おうひ》さま。」

鏡《かがみ》の奥《おく》から、不気味《ぶきみ》な低《ひく》い声《こえ》が聞《き》こえました。王妃《おうひ》は思《おも》わずとびすさりました。助《たす》けを呼《よ》ぼうとしても、喉《のど》がつまって声《こえ》が出《で》ません。思《おも》わず大《おお》きな卵形《たまごがた》の鏡《かがみ》を力《ちから》いっぱい、部屋《へや》の壁《かべ》にぶつけました。鏡《かがみ》は割《わ》れ、大理石《だいりせき》のゆかに破片《はへん》が散《ち》らばります。

次《つぎ》の瞬間《しゅんかん》、見知《みし》らぬ男《おとこ》の顔《かお》が、破片《はへん》のなかから王妃《おうひ》をにらみつけ、またたくまに消《き》え失《う》せました。

「王妃《おうひ》さま！　どうなされました？」

ただならぬ音《おと》を聞《き》いた衛兵《えいへい》と従者《じゅうしゃ》が、かけつけてきました。王妃《おうひ》は息《いき》を整《ととの》え、

「だいじょうぶよ、ありがとう。不注意《ふちゅうい》で鏡《かがみ》を割《わ》っただけ――。」

と、扉《とびら》を開《あ》けました。

「これはまた！　ごりっぱな鏡《かがみ》が、粉々《こなごな》でございますな。」

「おけがはございませんか？　ただいま、すぐ片《かた》づけにあがります。」

衛兵《えいへい》と従者《じゅうしゃ》は口々《くちぐち》に言《い》うと、長《なが》い廊下《ろうか》をかけだしていきました。

4

奇襲《きしゅう》

割《わ》れた鏡《かがみ》が片《かた》づくと、王妃《おうひ》はほっとして、子《こ》ども部屋《べや》の白雪姫《しらゆきひめ》を訪《たず》ねました。

「ねえ、小鳥《ことり》ちゃん。いっしょに、〈りんごの花祭《はなまつ》り〉を見《み》にいかない？　このあたりには、冬《ふゆ》でも咲《さ》くりんごの花《はな》の木《き》があるそうなの。あさってよ、いかが？」

「いきたい！　おかあしゃま！　いきましょ。」

幼《おさな》い姫《ひめ》が可愛《かわい》い声《こえ》を上《あ》げて、王妃《おうひ》のまわりをかけまわります。すると、

「王妃《おうひ》さま！　伝令《でんれい》がまいりました。陛下《へいか》がご帰還《きかん》になります！　今晩《こんばん》！」

ベローナが、満面《まんめん》の笑《え》みをたたえて、とびこんできました。

「さあ！　急《いそ》いで、ご帰還《きかん》の王《おう》さまをお迎《むか》えする準備《じゅんび》をいたしましょう。」

王妃《おうひ》は、ベローナと白雪姫《しらゆきひめ》を抱《だ》きしめると、叫《さけ》びました。

日《ひ》が暮《く》れ、夕星《ゆうずつ》が輝《かがや》きだすと、王《おう》の一行《いっこう》は帰還《きかん》しました。

「ただいま、もどったぞ！」

高《たか》らかなラッパの音《おと》に続《つづ》いて、ひげぼうぼうの王《おう》の姿《すがた》が中庭《なかにわ》に現《あらわ》れます。

「ああ、王《おう》さま！　……寂《さび》しゅうございました。」

王妃《おうひ》は白雪姫《しらゆきひめ》の手《て》を引《ひ》いて夫《おっと》にかけよります。

次《つぎ》のラッパの合図《あいず》とともに、祝宴《しゅくえん》が始《はじ》まりました。輝《かがや》くシャンデリアの下《した》に、城《しろ》の者《もの》がひとり残《のこ》らず集《あつ》まり、王《おう》の帰還《きかん》を祝《いわ》います。惜《お》しげもなくふるまわれるワインとごちそう。楽《たの》しげな音楽《おんがく》に乗《の》って、皆《みな》が踊《おど》りだしたとき――。

「大変《たいへん》だ！　奇襲《きしゅう》だ！　敵《てき》が攻《せ》めてきたぞ！」

衛兵《えいへい》の叫《さけ》び声《ごえ》と同時《どうじ》に、正門《せいもん》が破《やぶ》られ、敵軍《てきぐん》がどっとなだれこんできました。

華《はな》やかな祝宴《しゅくえん》の場《ば》はたちまち、悲鳴《ひめい》の渦《うず》と化《か》しました。

「白雪姫《しらゆきひめ》！　わたしの小鳥《ことり》！　わたしの小鳥《ことり》はどこ⁉」

人《ひと》ごみのなかで、声《こえ》を限《かぎ》りに叫《さけ》ぶ王妃《おうひ》の手《て》を、誰《だれ》かが強《つよ》くつかみました。王《おう》です。

王《おう》の腕《うで》のなかでは、幼《おさな》い白雪姫《しらゆきひめ》が恐《おそ》ろしさに震《ふる》え、すすり泣《な》いています。

「さ、こっちへ。」

王《おう》は白雪姫《しらゆきひめ》を抱《だ》きかかえたまま、秘密《ひみつ》の地下道《ちかどう》に続《つづ》く扉《とびら》を開《あ》け、

「この下《した》に小舟《こぶね》がつないである。姫《ひめ》を連《つ》れてそれに乗《の》り、沼地《ぬまち》で待《ま》て。」

震《ふる》える王妃《おうひ》の腕《うで》に、幼《おさな》い姫《ひめ》をゆだねると、急《いそ》いで戦《たたか》いにもどっていきました。

王妃《おうひ》は泣《な》きじゃくる姫《ひめ》をそばに座《すわ》らせ、小舟《こぶね》を操《あやつ》って、沼地《ぬまち》を目《め》ざします。

「おとうしゃまは？　どうして、ごいっしょじゃないの？　おかあしゃま。」

「お父《とう》さまは今《いま》、おいそがしいの。でも、あとからお迎《むか》えにきてくださるわ。」

「そしたら、みんなで〈りんごの花《はな》まつり〉にいけるのね？」

王妃《おうひ》は、泣《な》きだしたくなるのを、必死《ひっし》でおさえました。

ようやく銃声《じゅうせい》がおさまったのは、沼地《ぬまち》にばら色《いろ》の朝日《あさひ》がさしこんだころでした。

「さあ、おいで。ふたりとも。もう安心《あんしん》だぞ。」

王《おう》はみずから小舟《こぶね》をこいで、王妃《おうひ》と幼《おさな》い姫《ひめ》を戦《たたか》いのすんだお城《しろ》に連《つ》れ帰《かえ》りました。

「王妃《おうひ》さま！　白雪姫《しらゆきひめ》さまも、ごぶじで何《なに》よりでございます。」

がれきをかきわけて、ベローナがかけより、王妃《おうひ》の腕《うで》から白雪姫《しらゆきひめ》を抱《だ》きとります。

王《おう》と王妃《おうひ》は、硝煙《しょうえん》のにおいがこもる廊下《ろうか》をぬけ、王妃《おうひ》の間《ま》へ入《はい》りました。

そのとたん、王妃《おうひ》はあっと小《ち》さな声《こえ》を上《あ》げました。

暖炉《だんろ》の上《うえ》に、割《わ》れたはずの鏡《かがみ》が、何《なに》ごともなかったように、のっていたのです。

「そなたの父《ちち》の鏡《かがみ》が割《わ》れたことを衛兵《えいへい》から聞《き》いたのだ。そこで、国《くに》で名高《なだか》い鏡職人《かがみしょくにん》に修復《しゅうふく》を命《めい》じた。そなたの父《ちち》の技量《ぎりょう》には及《およ》ばぬであろうが。」

王妃《おうひ》は内心《ないしん》の恐怖《きょうふ》を押《お》しかくし、けんめいにほほえむと、

「ああ、王《おう》さま。ありがとうございます。」

やっとの思《おも》いで言《い》いました。

5 心《こころ》やさしい侍女《じじょ》

翌日《よくじつ》、王《おう》はふたたび出陣《しゅつじん》し、王妃《おうひ》のつらい日々《ひび》が始《はじ》まりました。
それはまた、王妃《おうひ》にとって恐《おそ》ろしい孤独《こどく》の日々《ひび》でもありました。
前《まえ》の晩《ばん》、王妃《おうひ》は王《おう》に、鏡《かがみ》のなかの男《おとこ》のことを打《う》ち明《あ》けたのです。ところが王《おう》は、
「かわいそうに、そなたは疲《つか》れ果《は》てているのだ。」と言《い》っただけでした。
(愛《あい》する王《おう》さまに信《しん》じていただけないなら、いったい誰《だれ》に話《はな》せばいいの。)
王妃《おうひ》はなげき、鏡《かがみ》を、鏡《かがみ》に現《あらわ》れる男《おとこ》の顔《かお》を、ますます恐《おそ》れるようになりました。
(いっそ、呪《のろ》われた鏡《かがみ》を片《かた》づけさせようか。)
とも思《おも》いました。けれども、それはできません。そんなことをすれば、王《おう》からの愛《あい》の

贈《おく》り物《もの》をしりぞけたと、城中《しろじゅう》が大騒《おおさわ》ぎになるでしょう。

王妃《おうひ》はそこで、鏡《かがみ》に豪華《ごうか》な布《ぬの》のおおいをかけさせました。

それでも鏡《かがみ》で見《み》た男《おとこ》は、毎晩《まいばん》のように悪夢《あくむ》に現《あらわ》れ、王妃《おうひ》を悩《なや》ませるのです。

「王妃《おうひ》さま。」

あの不気味《ぶきみ》な声《こえ》とともに、鏡《かがみ》が割《わ》れ、ガラスの破片《はへん》があちこちにとび散《ち》る夢《ゆめ》。

思《おも》わず両手《りょうて》で顔《かお》をおおい、指《ゆび》のあいだから見《み》ると、夢《ゆめ》のなかのゆかは血《ち》の海《うみ》に……。

別《べつ》の夢《ゆめ》では、男《おとこ》が鏡《かがみ》のなかから、身《み》をくねらせて出《で》てくると、血《ち》だらけの手《て》に大《おお》きなガラスの破片《はへん》を握《にぎ》りしめ、王妃《おうひ》を追《お》いかけてくるのです。

悲鳴《ひめい》を上《あ》げ、足《あし》を血《ち》だらけにしながら逃《に》げまどい、ついに倒《たお》れふして――。

ふと見上《みあ》げると、傷《きず》ひとつない鏡《かがみ》の表面《ひょうめん》には、いつもの若《わか》く美《うつく》しい顔《かお》ではなく、しわだらけの恐《おそ》ろしい老婆《ろうば》の顔《かお》が映《うつ》っているのです。

（どうしよう。もしや――もしや心《こころ》に悪魔《あくま》がとりついたのでは？）

王妃《おうひ》はやがて、ベッドから身《み》を起《お》こすこともできなくなりました。

侍女《じじょ》のベローナが毎朝《まいあさ》、洗面用《せんめんよう》のばら水《すい》を届《とど》け、

「どうかお着替《きが》えをなさいませ。そして、何《なに》か少《すこ》しでもお召《め》し上《あ》がりください。」

と、何度《なんど》はげましても、ベッドのなかで泣《な》いてばかりいます。

「王妃《おうひ》さま。わたくしがうかがえることは、ございませんか？　何《なん》でもお話《はな》しになれば、少《すこ》しはお心《こころ》も晴《は》れましょう。」

ある日《ひ》、ベローナが、おずおずと言《い》いました。

王妃《おうひ》は美《うつく》しい侍女《じじょ》を、くぼんだ目《め》で見《み》つめ、

「実《じつ》は、ベローナ。鏡《かがみ》に見知《みし》らぬ男《おとこ》の顔《かお》が現《あらわ》れて、わたくしに話《はな》しかけてくるの。」

「で、その男《おとこ》は何《なん》と申《もう》したのでございます？　王妃《おうひ》さま。」

「――『王妃《おうひ》さま。』それだけよ。」

王妃《おうひ》が答《こた》えると、ベローナは鏡《かがみ》の前《まえ》に行《い》き、おおいを引《ひ》き上《あ》げると、

「すばらしい鏡《かがみ》ではございませんか。それは、お気疲《きづか》れのせいでございますよ。」

明《あか》るい声《こえ》で言《い》いました。そして、

「王妃《おうひ》さまは勇敢《ゆうかん》なおかたでございます。どうかお心《こころ》を強《つよ》くお持《も》ちください。白雪姫《しらゆきひめ》さまとお散歩《さんぽ》にでもいらっしゃいませ。幼《おさな》い姫《ひめ》さまは、王妃《おうひ》さまのお顔《かお》が見《み》えず、とても寂《さび》しがっていらっしゃいますわ。」

王妃《おうひ》は、はっとしました。

「そうでした！　かわいそうに。で、姫《ひめ》には、この事情《じじょう》を話《はな》す必要《ひつよう》はないわね。」

「もちろんでございますわ、王妃《おうひ》さま。これは王妃《おうひ》さまとわたくしのあいだのことにいたしましょう。でも、どうかお約束《やくそく》を。こんど、お心《こころ》を悩《なや》ませるようなことがございましたら、何《なん》でも、すぐわたくしにお話《はな》しくださいませね。」

王妃《おうひ》はベローナの手《て》をとると、

「ありがとう。あなたは味方《みかた》。いいえ、わたくしの妹《いもうと》とも思《おも》っていますよ。」

と、心《こころ》から言《い》いました。

6 奇妙《きみょう》な三姉妹《しまい》

その日《ひ》の午前中《ごぜんちゅう》、王《おう》のいとこにあたるルシンダ、マーサ、ルビーの三姉妹《しまい》が、お城《しろ》を訪《たず》ねてくるという伝令《でんれい》が届《とど》きました。

王妃《おうひ》は結婚式《けっこんしき》で見《み》た三人《にん》の異様《いよう》な姿《すがた》とふる舞《ま》いに、内心《ないしん》おびえました。そして、

(王《おう》さまのお留守《るす》なのに困《こま》ったこと。)

と、心《こころ》のなかでため息《いき》をつきました。けれども親類《しんるい》の訪問《ほうもん》を断《ことわ》ることは、できません。

翌日《よくじつ》の午後《ごご》、三姉妹《しまい》が、黒《くろ》い馬《うま》が引《ひ》く馬車《ばしゃ》からおり立《た》ちました。

やせ細《ほそ》った小《ちい》さな体《からだ》。そっくりの青白《あおじろ》い顔《かお》に、真《ま》っ赤《か》な口紅《くちべに》。まるで、打《う》ち捨《す》てられた三体《たい》の古《ふる》い人形《にんぎょう》のようです。

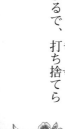

「ようこそ、おいでくださいました。長旅《ながたび》でさぞお疲《つか》れでございましょうね。」

王妃《おうひ》が、礼儀正《れいぎただ》しくねぎらうと、

「とーんでもない。」

「旅《たび》はらくちん。」

「お気《き》づかい、ありがと。」

三人《にん》は次々《つぎつぎ》に叫《さけ》び、きゃっきゃと声《こえ》をそろえて笑《わら》いました。

「ではお部屋《へや》にご案内《あんない》いたします。ルシンダさまにはこの先《さき》の――。」

ベローナが、眉《まゆ》をひそめて言《い》いかけたとたん、

「それは、だめよ。」

「あたしたち――！」

「三人《にん》いっしょのお部屋《へや》がいいの！」

三人《にん》が声《こえ》を合《あ》わせて叫《さけ》びます。

ベローナは眉《まゆ》を上《あ》げ、

「まあ、さようでございましたか。ではもっと広《ひろ》いお部屋《へや》を用意《ようい》させましょう。そのあいだ、『朝《あさ》の間《ま》』で、お茶《ちゃ》をどうぞ。白雪姫《しらゆきひめ》さまがお相手《あいて》をいたします。」

と告《つ》げました。


午後《ごご》の日《ひ》がたっぷりとさしこむ朝《あさ》の間《ま》には、豪華《ごうか》なお茶《ちゃ》の用意《ようい》を前《まえ》に、白雪姫《しらゆきひめ》がきちんと座《すわ》って、三人《にん》を待《ま》ち受《う》けていました。

「では姫《ひめ》さま、お客《きゃく》さまのお相手《あいて》をお願《ねが》いいたします。」

ベローナの姿《すがた》が見《み》えなくなったとたん、三姉妹《しまい》は白雪姫《しらゆきひめ》をじろりとにらみ、

「ねえ、白雪姫《しらゆきひめ》ちゃん。おしえてくれる？」

「あんたの新《あたら》しいお母《かあ》さまは――、」

「どんな風《ふう》？」

と、口々《くちぐち》に聞《き》きました。

「新《あたら》しいお母《かあ》さまは、あんたに意地悪《いじわる》しないの？」

「あんたをお部屋《へや》にとじこめたり――、」

「あんたがあんまり美人《びじん》だから、やきもちをやいたり――。」

白雪姫《しらゆきひめ》は可愛《かわい》い目《め》を丸《まる》くして、言《い》い返《かえ》しました。

「まさか！　わたしのおかあしゃまは、ぜんぜんちがうわ。ふたりで、最初《さいしょ》のおかあしゃまのおはかへおまいりしたり、りんごの花《はな》まつりにもいきましょう、って！　でも、こわいてきがやってきて、いけなかったけど……。」

三姉妹《しまい》は顔《かお》を見合《みあ》わせ、きゃあきゃあ笑《わら》いました。

「ふうん、そうなの。じゃ、あの人《ひと》、おとぎ話《ばなし》の悪《わる》い継母《ままはは》みたいじゃないわけ？」

「あたしたちが、継母《ままはは》なら、あんたのその小《ちい》さな首《くび》をしめて――、」

「体《からだ》を、こま切《ぎ》れに刻《きざ》んで――ぎゅうぎゅうしぼって――、」

「そのきれいな赤《あか》い血《ち》を、ぐびぐび飲《の》んじゃうのに。」

「大《おお》ガラスの羽根《はね》と、ハトの心臓《しんぞう》と――、」

「あんたの死《し》んだ〝おかあしゃま〟の髪《かみ》を一房《ひとふさ》入《い》れて！」

白雪姫《しらゆきひめ》は恐怖《きょうふ》に青《あお》ざめ、今《いま》にも泣《な》きそうになりながら、朝《あさ》の間《ま》をとび出《だ》しました。

ちょうどそのとき、ベローナが小間使《こまづか》いを連《つ》れてもどってきたのです。

「まあ！　姫《ひめ》さま。どうなさいました？」

ベローナは小間使《こまづか》いに奇妙《きみょう》な三姉妹《しまい》の世話《せわ》を任《まか》せると、あわてて白雪姫《しらゆきひめ》を追《お》いかけていきました。背後《はいご》で三姉妹《しまい》が声高《こわだか》に笑《わら》うのが聞《き》こえました。

「こんどは森《もり》にさそいだして――、」

「置《お》き去《ざ》りにして――、」

「こごえ死《し》なせてやろうっと！」

白雪姫《しらゆきひめ》は王妃《おうひ》の間《ま》にかけこむと、しゃくりあげながらけんめいにうったえます。

「おばしゃまたちが、いじめたの。わたしのからだを、こまぎれにきざんで……。」

「なんとひどいことを!?　姫《ひめ》さま、それは、ほんとうでございますね！」

ベローナが、せきこんで、たしかめます。けれども王妃《おうひ》は落《お》ち着《つ》きはらい、

「冗談《じょうだん》ですよ。だいじょうぶ。気《き》にするのはおやめなさい。」

と白雪姫《しらゆきひめ》の髪《かみ》をなでました。するとベローナが言《い》いました。

「王妃《おうひ》さま、あのかたたちには、どうかお気《き》をつけあそばして。こんどは姫《ひめ》さまを連《つ》れ出《だ》して、森《もり》に置《お》き去《ざ》りにするつもりだとか！　そんなことを聞《き》こえよがしに。」

王妃《おうひ》は重《おも》いため息《いき》をつきました。

「まったく、おとなげないこと！　晩餐《ばんさん》のときに、注意《ちゅうい》しておきましょう。」

その晩《ばん》、王妃《おうひ》は、小広間《しょうひろま》に自分《じぶん》と三姉妹《しまい》のための晩餐《ばんさん》を用意《ようい》させました。

奇妙《きみょう》な三姉妹《しまい》は、ちまちまと料理《りょうり》をつつきながら、目《め》くばせし合《あ》い、

「あたしたち、白雪姫《しらゆきひめ》ちゃんをからかって――、」

「おびえさせちゃったかしら。」

「だって、白雪姫《しらゆきひめ》、可愛《かわい》いんだもん！」

三人《にん》で声《こえ》を合《あ》わせて、けたけた笑《わら》うと、

「あたしたち、三人《にん》だけで暮《く》らしているでしょ。ひまつぶしに、たまに本《ほん》を書《か》いた

り、お話《はなし》を作《つく》って、遊《あそ》んでるの。」

ルシンダが小声《こごえ》で言《い》いました。すかさずルビーとマーサが、

「でも、ときどき想像《そうぞう》が過《す》ぎちゃって――。」

「こんどもそう。ごめんなさい！　これからは気《き》をつけるわ。」

と続《つづ》け、三人《にん》そろって、ぴょこんと頭《あたま》をさげました。

王妃《おうひ》は、にっこりほほえみ、

「よくわかりましたわ。で、明日《あした》は、どのようにお過《す》ごしになりますか？」

とたずねました。

「白雪姫《しらゆきひめ》と――、」

「ピクニック！」

「深《ふか》――い森《もり》をぬけて――。」

三人《にん》はそろって、舌《した》なめずりをします。王妃《おうひ》はぞっとしましたが、

「さようですか。で、どちらまで？」

素知《そし》らぬ顔《かお》で聞《き》きました。

「りんごの花咲《はなさ》く村《むら》！」

「あんたたちが、このあいだ――、」

「お祭《まつ》りにいけなかった村《むら》よ。」

ルシンダ、マーサ、ルビーがそろって、いひひと笑《わら》いました。

王妃《おうひ》は確信《かくしん》しました。

（ベローナが気《き》をつけて、と言《い》っていたのは、きっと、このこと。）

けれども平静《へいせい》を装《よそお》い、

「ありがとうございます。娘《むすめ》も喜《よろこ》びますでしょう。」

と言《い》い、続《つづ》けました。

「でしたら、すぐ手配《てはい》させましょう。白雪姫《しらゆきひめ》はお出《で》かけができて、きっと喜《よろこ》びますわ。楽《たの》しい一日《いちにち》になるはずでございます。大《おお》きな催《もよお》しにいたしましょう。白雪姫《しらゆきひめ》に着《き》せるドレスも考《かんが》えなくては。あの子《こ》が本物《ほんもの》の貴婦人《きふじん》になったような気持《きも》ちを味《あじ》わえますように。」

ルシンダが、がっかりしたような顔《かお》をしました。王妃《おうひ》が理由《りゆう》を聞《き》く前《まえ》に、ひとりの使用人《しようにん》が小《ちい》さな銀《ぎん》ねず色《いろ》のトレイの上《うえ》に手紙《てがみ》をのせて入《はい》ってきました。

「皆《みな》さま、ごめんあそばせ。」

王妃《おうひ》はそう言《い》って封《ふう》を切《き》り、とたんに目《め》を見張《みは》り、顔《かお》を輝《かがや》かせ、感極《かんきわ》まって叫《さけ》びました。

「ああ！　すばらしい吉報《きっぽう》！　なんと喜《よろこ》ばしい！」

三姉妹《しまい》にほほえんで告《つ》げます。

「王《おう》さまが、二週間後《しゅうかんご》にご帰還《きかん》になられますの。」

「ちょうどクリスマスに間《ま》に合《あ》うわね。」

三姉妹《しまい》がほほえむと、王妃《おうひ》は当惑《とうわく》して聞《き》きました。

「何《なん》とおっしゃいまして？」

「あんたは、このお城《しろ》の伝統《でんとう》どおりに――、」

「盛大《せいだい》にクリスマスを祝《いわ》うんでしょってことよ。」

「あたしたち、聞《き》いてるわよ。このお城《しろ》のクリスマスはすばらしいって。」

三姉妹《しまい》は、いったいどこで、そんな噂《うわさ》を聞《き》きつけたのでしょう。王妃《おうひ》はびっくりしました。けれども今《いま》は、そんなことを考《かんが》えているひまはありません。

「そんな風《ふう》に盛大《せいだい》にクリスマスを祝《いわ》うつもりはございませんでした。でも、王《おう》さまがクリスマスに間《ま》に合《あ》うようご帰還《きかん》なさるのです。ぜひ、盛大《せいだい》にお祝《いわ》いしたいと存《ぞん》じます、ご帰還祝《きかんいわ》いをかねて。お三人《にん》が、ここにいてくだされば、王《おう》さまは大喜《おおよろこ》びなさるはずですわ。どうか、クリスマスまでご滞在《たいざい》くださいませ。」

王妃《おうひ》は熱心《ねっしん》に頼《たの》みました。

「ええ、もちろん。泊《と》めていただくわ、王妃《おうひ》さま。」

奇妙《きみょう》な三姉妹《しまい》は、そろってにやりと笑《わら》い、声《こえ》を合《あ》わせて答《こた》えました。

7 クリスマス

お城中《しろじゅう》が、クリスマスの準備《じゅんび》で大忙《おおいそが》しとなりました。王妃《おうひ》は、料理長《りょうりちょう》と祝賀会《しゅくがかい》のメニューを熱心《ねっしん》に相談《そうだん》します。

「まずは、王《おう》さまのご好物《こうぶつ》を。婦人《ふじん》がたのためには、こったデザートをね。」

そのとき、ベローナが調理場《ちょうりば》に入《はい》ってきました。

「王妃《おうひ》さま、恐《おそ》れ入《い》ります。クリスマスの飾《かざ》りつけは、どういたしましょう？」

王妃《おうひ》はメニューのリストから目《め》を上《あ》げると、ベローナにほほえみかけました。

「屋根裏《やねうら》の小部屋《こべや》に、実家《じっか》から運《はこ》ばせた荷物《にもつ》が集《あつ》めてあるの。そのなかに、わたくしが生《う》まれる何年《なんねん》も前《まえ》、父《ちち》が母《はは》のために作《つく》った、お飾《かざ》りがあるはずよ。」

「まあ、なんとすてきな！　はやく拝見《はいけん》したいものでございますわ。」

ベローナが目《め》を輝《かがや》かせます。

「では、これから出《だ》しにいきましょう。鍵《かぎ》を持《も》ってきてくださいな。」

王妃《おうひ》はベローナをともない、しずしずとお城《しろ》の屋根裏《やねうら》に向《む》かいました。

せまくて急《きゅう》な階段《かいだん》をのぼりだすと、王妃《おうひ》の足取《あしど》りはどんどん重《おも》くなってきます。

結婚前《けっこんまえ》の暗《くら》い日々《ひび》をすべて封《ふう》じこめたあの小部屋《こべや》。

（それを今《いま》さらまた、開《あ》けることになるとは――。）

震《ふる》える手《て》で鍵《かぎ》を回《まわ》し、暗《くら》く、かびくさい部屋《へや》に入《はい》ったとたん、

（まるでお墓《はか》のなかのよう――。）

王妃《おうひ》は身震《みぶる》いしました。背後《はいご》でベローナも、息《いき》をのんでいるのがわかります。

王妃《おうひ》は自分《じぶん》をはげましてゆかにひざまずき、ベローナに手伝《てつだ》わせて最初《さいしょ》のトランクを開《あ》けました。

あたりに、長年暮《ながねんく》らした家《いえ》のにおいが、ふとよみがえります。

王妃《おうひ》はトランクのすみにあった母《はは》の肖像画《しょうぞうが》をベローナにあずけ、その横《よこ》の包《つつ》みを取《と》り出《だ》して開《あ》けました。

「これが、父《ちち》が母《はは》のために作《つく》った、クリスマスのお飾《かざ》りよ。」

いくつもの小《ちい》さな鏡《かがみ》に、亡《な》き母《はは》とそっくりな顔《かお》が映《うつ》ります。

「王妃《おうひ》さまはほんとうに、お母《かあ》さまとそっくりでいらっしゃいますね！」

ベローナが王妃《おうひ》と母《はは》の肖像画《しょうぞうが》を見比《みくら》べながら、しみじみと言《い》いました。

「ええ。王《おう》さまも以前《いぜん》そうおっしゃいました。」

王妃《おうひ》はそう言《い》うと、

「でも、うちには、鏡《かがみ》がなくて……。」

恥《は》ずかしそうにうつむきました。ベローナがあわてて、

「ともかく、こんなお母《かあ》さまができて、姫《ひめ》さまはほんとうにお幸《しあわ》せでございます。」

と話題《わだい》を変《か》えようとしたとき、白雪姫《しらゆきひめ》が屋根裏《やねうら》にのぼってきました。

「ルシンダおばしゃまがね、屋根裏《やねうら》にいってごらんとおっしゃったの。きっと、おか

あしゃまがクリスマスのおかざりを、見《み》つけていらっしゃるよって。」

「そうなのよ。わたしの小鳥《ことり》ちゃん。よかったらお手伝《てつだ》いしてくれる？」

白雪姫《しらゆきひめ》は、ぱっと顔《かお》を輝《かがや》かせ、

「ええ、おかあしゃま、よろこんで！　おばしゃまたちに、きょうのお茶会《ちゃかい》は失礼《しつれい》しますと、申《もう》し上《あ》げてきます。」

にっこり笑《わら》うと、元気《げんき》に走《はし》りだしました。ベローナがその後《うし》ろ姿《すがた》を心配《しんぱい》そうに見《み》つめています。

「どうしたの、ベローナ？」

王妃《おうひ》の声《こえ》に、ベローナはおずおずと答《こた》えました。

「恐《おそ》れながら、王妃《おうひ》さま。わたくしはあのお三人《にん》が、大《だい》きらいでございます。」

「まあ、めずらしいこと。あなたが人《ひと》をきらいだと言《い》うなんて。でもなぜ？」

王妃《おうひ》にやさしくうながされ、ベローナは、一気《いっき》に言《い》い立《た》てました。

「人《ひと》さまを悪《わる》く言《い》いたくはございませんが、あのお三人《にん》は変《へん》ですわ。お顔《かお》は白《しろ》ぬり、くちびるは血《ち》のように赤《あか》く——まるでこわれたお人形《にんぎょう》のよう！　不気味《ぶきみ》で意地《いじ》が悪《わる》くて、何《なに》をたくらんでいるかわかりません！　そんなかたたちと、白雪姫《しらゆきひめ》さまが毎日《まいにち》、お茶《ちゃ》をともになさり、お散歩《さんぽ》にお出《で》かけなのは——心配《しんぱい》でたまりません。あのお三人《にん》がクリスマスまでおいでかと思《おも》いますと、わたくしは気《き》がおかしくなりそうでございます！」

「これはまた、てきびしい！　あなたにはめずらしいことね。」

王妃《おうひ》は楽《たの》しげに笑《わら》うと、とつぜん真顔《まがお》になり、

「娘《むすめ》のことをそこまで気《き》にかけてくれて、ほんとうにありがとう。でもだいじょうぶ。あの三人《にん》には、わたくしも目《め》を光《ひか》らせておきますからね。」

とやさしく言《い》いました。

美《うつく》しい王妃《おうひ》と侍女《じじょ》は、これまでになくうちとけ、包《つつ》みのなかの鏡《かがみ》に傷《きず》やひびがないかと、ひとつずつたしかめだしました。窓《まど》からさしこむ午後《ごご》の光《ひかり》が鏡《かがみ》に当《あ》たり、王妃《おうひ》とベローナの楽《たの》しげな顔《かお》を照《て》らしました。

その後《ご》は、あっというまに過《す》ぎ、クリスマスがやってきました。王《おう》が軍隊《ぐんたい》とともに帰還《きかん》する日《ひ》です。山々《やまやま》には初雪《はつゆき》が積《つ》もり、お城《しろ》の大広間《おおひろま》では、午後《ごご》はやくからシャンデリアがこうこうと輝《かがや》き、暖炉《だんろ》にはいせいよく火《ひ》が燃《も》えています。夕方《ゆうがた》になると、木々《きぎ》の枝《えだ》には、ろうそくと小《ちい》さな鏡《かがみ》を入《い》れた缶《かん》がいくつもつるされました。

王妃《おうひ》はベローナと白雪姫《しらゆきひめ》と手《て》をつないで、お城《しろ》の中庭《なかにわ》に出《で》ました。

「王《おう》さまがこの景色《けしき》をごらんになるのが楽《たの》しみでございますねえ。」

「ええ、ほんとうに！」

王妃《おうひ》はベローナにほほえみかけると、

「ところで、おばさまたちはどちら？」

白雪姫《しらゆきひめ》にたずねました。

「ええと――わからない。」

白雪姫《しらゆきひめ》は、うなだれました。

「いっしょにお散歩《さんぽ》に行《い》ったのでしょ？　ほんとうに知《し》らないの？」

王妃《おうひ》がふたたび聞《き》くと、白雪姫《しらゆきひめ》は泣《な》きそうな顔《かお》で王妃《おうひ》を見《み》つめ、

「ごめんなさい、おかあしゃま！　でもわたし、あんまりこわかったから――。」

とうったえました。

「こわかった？　それは、どういうこと？　教《おし》えて。」

王妃《おうひ》が驚《おどろ》いて問《と》い詰《つ》めると、白雪姫《しらゆきひめ》は、

「おばしゃまたちがね――こわいことを――言《い》ったの。おかあしゃまが――わたしに――まほうのりんごをたべさせるとか――。そしてね、最初《さいしょ》のおかあしゃまの――おはかを――ほりかえして――ハトの血《ち》を飲《の》ませてやると言《い》って――。三人《にん》で、とってもこわいかおをして――おいかけてきたの。」

わっと泣《な》きだしました。

「まあ！　なんということでございましょう！　こんな幼《おさな》い姫《ひめ》さまを！」

いきりたつベローナをおさえ、王妃《おうひ》は、

「それで、どうしたの？　小鳥《ことり》ちゃん。」

と聞《き》きました。

「わたし、こわくて、走《はし》ってにげたの。ふりかえったら、おばしゃまたちは――いなくなってた。どこかに――きえちゃったみたいに！」

白雪姫《しらゆきひめ》が、しゃくりあげながら、答《こた》えます。

「そうなのね、小鳥《ことり》ちゃん。かわいそうに。でも、もうだいじょうぶよ。」

王妃《おうひ》は白雪姫《しらゆきひめ》を抱《だ》きしめると、ベローナに向《む》かって、

「衛兵隊長《えいへいたいちょう》に言《い》って、森《もり》をさがさせて。三人《にん》そろって、ころばれたのだわ。でも、たいしたことはないはず。」

とほほえみました。

「承知《しょうち》いたしました、王妃《おうひ》さま。」

ベローナはきびきびと答《こた》え、お城《しろ》のなかに走《はし》ってもどっていきました。

王妃《おうひ》は白雪姫《しらゆきひめ》をもう一度《いちど》抱《だ》きしめると、やわらかなほおにキスしました。

(まったく、なんとおとなげない三人《にん》なのかしら！　困《こま》ったものね。)

ため息《いき》をつきながらも、王妃《おうひ》は本気《ほんき》で腹《はら》を立《た》てる気《き》になれませんでした。

愛《あい》する王《おう》が、クリスマスに帰還《きかん》するのです！

王妃《おうひ》は、亡《な》き父《ちち》と、クリスマスを祝《いわ》ったことが一度《いちど》もありません。

(でも今年《ことし》からは、白雪姫《しらゆきひめ》と王《おう》さまといっしょにクリスマスを過《す》ごせるのよ！)

王妃《おうひ》は、お城《しろ》の壁《かべ》を指差《ゆびさ》し、

「ほら、小鳥《ことり》ちゃん。ごらんなさい！　きょうのお城《しろ》は、特別《とくべつ》きれいでしょ。」

と言《い》いました。

「わ！　ほんとうね。」

白雪姫《しらゆきひめ》は声《こえ》を上《あ》げ、目《め》を見張《みは》りました。どこからか放《はな》たれる光《ひかり》によって、お城《しろ》の大《おお》きな壁《かべ》に、太陽《たいよう》や月《つき》や星《ほし》の模様《もよう》が次々《つぎつぎ》と映《うつ》りながら動《うご》いていくのです。

「どうして、こんな風《ふう》になるの？　おかあしゃま。」

白雪姫《しらゆきひめ》は目《め》を丸《まる》くして聞《き》きました。

「わたしのお父《とう》さまが作《つく》った、特別《とくべつ》なしかけなの。」

王妃《おうひ》は姫《ひめ》のやわらかな髪《かみ》をなでると、答《こた》えました。

「ガラスで作《つく》ったつつ形《がた》の大《おお》きな鏡《かがみ》でね、まわりにいろいろな模様《もよう》が描《えが》いてあるの。なかにろうそくを入《い》れて回《まわ》すと、壁《かべ》にその形《かたち》が映《うつ》るのよ。舞踏室《ぶとうしつ》に置《お》いてあるわ。」

「ねえ、おかあしゃま。ちょっと見《み》てきていい？」

白雪姫《しらゆきひめ》はすっかり興奮《こうふん》して言《い》いました。

「ええ、いいわよ、小鳥《ことり》ちゃん。祝賀会《しゅくがかい》が始《はじ》まる前《まえ》に、ちょっとだけ。」

そのとき、

「おとうしゃまだ！　おとうしゃまが帰《かえ》っていらしたわ！」

白雪姫《しらゆきひめ》が叫《さけ》びました。次《つぎ》の瞬間《しゅんかん》、中庭《なかにわ》の入《い》り口《ぐち》にやつれ果《は》てた王《おう》の姿《すがた》が見《み》えました。

王《おう》は愛《あい》する妻《つま》と子《こ》にかけよると、ふたりを固《かた》く抱《だ》きしめました。

「ああ、そなたたちに、どれほど会《あ》いたかったことか！」

王《おう》の一家《いっか》は手《て》をつないで、大広間《おおひろま》に入《はい》りました。白雪姫《しらゆきひめ》は、父《ちち》の手《て》をそっとはなすと、舞踏室《ぶとうしつ》に入《はい》りました。そこではひとりの侍女《じじょ》が、大《おお》きなテーブルの上《うえ》にすえられた、大《おお》きなつつ形《がた》の鏡《かがみ》をけんめいに回《まわ》しています。

「ねえ、なぜ、こうすると、きれいな模様《もよう》が映《うつ》るか知《し》っている？」

白雪姫《しらゆきひめ》が得意《とくい》げに聞《き》いたとき、舞踏室《ぶとうしつ》の扉《とびら》が開《あ》き、王《おう》が足音荒《あしおとあら》く入《はい》ってきました。

「姫《ひめ》！　いったい、どういうことだ？　説明《せつめい》しなさい。」

王《おう》の後《うし》ろから、泥《どろ》だらけの三姉妹《しまい》が、足《あし》をひきずって入《はい》ってきました。

「見《み》て！　このひどいありさま！」

「あの子《こ》が、あたしたちを森《もり》の穴《あな》に落《お》として——、」

「置《お》き去《ざ》りにしたのよ！」

奇妙《きみょう》な三姉妹《しまい》は声《こえ》を合《あ》わせて言《い》いました。

「いや申《もう》し訳《わけ》ない。」

王《おう》は三姉妹《しまい》に深々《ふかぶか》と頭《あたま》を下《さ》げ、白雪姫《しらゆきひめ》の腕《うで》をむんずとつかむと、

「今《いま》すぐ部屋《へや》にもどりなさい。余《よ》が呼《よ》ぶまで出《で》てきてはいけない。わかったな。」

と言《い》いました。

「でもおとうしゃま！　このおばしゃまたちは——。」

「黙《だま》れ！　言《い》い訳《わけ》は許《ゆる》さん！」

王《おう》は幼《おさな》い姫《ひめ》を、怒鳴《どな》りつけました。そのとき、王妃《おうひ》がとびこんできたのです。

「王《おう》さま！　どういうことでございます。姫《ひめ》が、どんな悪《わる》いことをいたしました？」

王妃《おうひ》は王《おう》を見《み》つめ、次《つぎ》に奇妙《きみょう》な三姉妹《しまい》をにらみつけると、言《い》いました。

「幼《おさな》い姫《ひめ》を、機会《きかい》を狙《ねら》ってはいじめて追《お》いかけ、ご自分《じぶん》たちでころんでおきながら、姫《ひめ》のせいになさるとは！　もうがまんなりません。すぐにお帰《かえ》りくださいませ。」

一息《ひといき》つくと、

「衛兵《えいへい》！　このお三方《かた》を、外《そと》の馬車《ばしゃ》にお乗《の》せし、ご自宅《じたく》までお送《おく》りしなさい。お三方《かた》が途中《とちゅう》でひとつでも悪《わる》さをしたら、遠慮《えんりょ》なくしばり上《あ》げてよろしい。」

と、きびしく申《もう》しつけました。おとなしい王妃《おうひ》が、これほど強《つよ》い心《こころ》を秘《ひ》めていたとは！　王《おう》は感動《かんどう》し、いっぽうで、ひそかに震《ふる》え上《あ》がりました。

三姉妹《しまい》はうなだれながら、衛兵《えいへい》に連行《れんこう》されて大広間《おおひろま》を通《とお》り、城《しろ》の外《そと》へ出《で》ていきました。王妃《おうひ》は言《い》いました。

「白雪姫《しらゆきひめ》にキスをして、謝罪《しゃざい》をなさってくださいませ。」

王《おう》は目《め》をしばたたかせました。

(この国《くに》の王《おう》は、いったい誰《だれ》なのだ？)

けれども王妃《おうひ》のきびしい声《こえ》には、有無《うむ》を言《い》わせぬものがありました。

「王《おう》さま。今《いま》はゆっくりご説明《せつめい》しているひまがございません。どうか、わたくしを信《しん》じてくださいませ。あとから、必《かなら》ずくわしくお話《はな》しいたします。」

と、熱心《ねっしん》にうったえました。

「わかった、愛《あい》する妻《つま》よ。」

王《おう》は王妃《おうひ》の言葉《ことば》に従《したが》いました。

8
鏡《かがみ》のなかの男《おとこ》

「愛《いと》しい王妃《おうひ》よ、どうか許《ゆる》してほしい。」

祝宴《しゅくえん》が果《は》てると、王《おう》は王妃《おうひ》に心《こころ》からわびました。

「余《よ》はよく事情《じじょう》も知《し》らぬままに、姫《ひめ》を叱《しか》りつけた。親《おや》にあるまじきことだ。」

王妃《おうひ》は、王《おう》の目《め》をまっすぐ見《み》ると言《い》いました。

「わたくしは子《こ》どものころ、父《ちち》の言葉《ことば》に何度《なんど》も傷《きず》つきました。父《ちち》はわたくしを憎《にく》んでおりました。そのことをはっきりと、口《くち》に出《だ》して、わたくしに申《もう》すのです。父《ちち》の無慈悲《むじひ》な言葉《ことば》は、わたくしの心《こころ》に、いまだに癒《い》えぬ深《ふか》い傷《きず》を作《つく》ったのでございます。」

王妃《おうひ》は王妃《おうひ》の間《ま》の豪華《ごうか》なゆかにくずおれ、両手《りょうて》に顔《かお》をうずめて泣《な》きだしました。

「心《こころ》からわびる。戦場《せんじょう》に長《なが》くいると、気持《きも》ちまで野蛮《やばん》になるようだ。」

王《おう》は傷《きず》だらけの顔《かお》で、王妃《おうひ》を見《み》つめました。ひげも髪《かみ》も伸《の》びほうだい。

王妃《おうひ》はとつぜん、申《もう》し訳《わけ》なくなり、

「わたくしこそ、出過《です》ぎたことを申《もう》しまして。」

と心《こころ》から言《い》いました。

「愛《いと》しい娘《むすめ》を見《み》てこよう。もう一度《いちど》あやまり、抱《だ》きしめたい。」

王《おう》は言《い》いました。

「どうか、お願《ねが》いいたします、愛《いと》しい王《おう》さま。わたくしの分《ぶん》も、姫《ひめ》にキスをしてくださいませ。わたくしはこれから着替《きが》えることにいたします。」

王《おう》は王妃《おうひ》にキスし、大《おお》きな天蓋《てんがい》のあるベッドの端《はし》に、やさしく座《すわ》らせて退出《たいしゅつ》しました。

疲《つか》れきった王妃《おうひ》は、そのままベッドに横《よこ》たわりました。すると、

「こんばんは、王妃《おうひ》さま。」

例《れい》の不気味《ぶきみ》な声《こえ》が聞《き》こえました。王妃《おうひ》はベッドの上《うえ》にとび起《お》き、あたりを見回《みまわ》しました。声《こえ》は、どうやら部屋《へや》の奥《おく》から聞《き》こえてくるようです。

「誰《だれ》？　いるなら返事《へんじ》をしなさい。」

「ええ、いますとも、王妃《おうひ》さま。」

「では出《で》ていらっしゃい。そして何《なん》の用《よう》かお言《い》い。」

王妃《おうひ》はベッドを出《で》ると、暖炉《だんろ》の前《まえ》で立《た》ち止《ど》まりました。

「あなたの頭《あたま》の上《うえ》のほうですよ、王妃《おうひ》さま。こわがることはありません。」

王妃《おうひ》は天井《てんじょう》に目《め》をやりました。

「わたしは、あなたさまの奴隷《どれい》です。」

声《こえ》がまた、聞《き》こえました。

「奴隷《どれい》？　この国《くに》には、奴隷《どれい》など置《お》いていませんよ。」

「ふふふ、でも、あなたさまにはおりますので――このわたしがね。わたしには、この国《くに》の人《ひと》や物《もの》の動《うご》きが、すべてお見通《みとお》しですからな。何《なん》でもお聞《き》きください。」

「では言《い》ってごらん。王《おう》さまは今《いま》、どちらにいらっしゃる？」

王妃《おうひ》は、ばかにしたように言《い》いました。

「姫《ひめ》さまのお部屋《へや》で、姫《ひめ》さまとごいっしょ。」

「そんなのは、王《おう》さまがこの部屋《へや》をお出《で》になる前《まえ》におっしゃったのを聞《き》いていればわかること。では今《いま》は、どうなさっておられる？」

「声《こえ》を上《あ》げて泣《な》いておいでですよ。姫《ひめ》さまの前《まえ》で。お気《き》の毒《どく》なほど、激《はげ》しく。」

王妃《おうひ》はめまいを感《かん》じました。

「安《やす》っぽいごまかしに、だまされるものですか。だったら姿《すがた》を見《み》せてごらん！」

「お待《ま》ちなさい、王妃《おうひ》さま。わたしは、あなたさまが夢《ゆめ》のなかでごらんになった男《おとこ》ではありません。あなたさまを傷《きず》つけることもありません。あなたさまの味方《みかた》です。」

王妃《おうひ》は真《ま》っ青《さお》になりました。

「おまえは――〝夢《ゆめ》〟のことを知《し》っているの⁉」

「もちろんですとも、王妃《おうひ》さま。さてさて、王妃《おうひ》さまはお部屋中《へやじゅう》をごらんになりましたが、一か所《しょ》だけ、ごらんになっていないところがある。おわかりですな？　わたしはそこにおります。」

王妃《おうひ》は心臓《しんぞう》が止《と》まりそうになりました。体中《からだじゅう》の血《ち》が頭《あたま》にのぼりだしたような気《き》がします。王妃《おうひ》はすばやくあたりを見回《みまわ》し、父《ちち》の鏡《かがみ》にかけたおおいを引《ひ》きはがしました。

そこに何者《なにもの》が映《うつ》るかは、すでに想像《そうぞう》がついていました。

とはいえ目《め》の前《まえ》の鏡《かがみ》に現《あらわ》れた顔《かお》には、思《おも》わず声《こえ》を上《あ》げずにはいられませんでした。

鏡《かがみ》のなかには、身《み》の毛《け》もよだつような顔《かお》が映《うつ》っていたのです。

首《くび》から下《した》がない、仮面《かめん》のような顔《かお》。くぼんだ目《め》、うすい大《おお》きな口《くち》。

不気味《ぶきみ》な顔《かお》のまわりには、奇妙《きみょう》なうすい煙《けむり》が渦巻《うずま》いています。

デスマスクにも似《に》た、どこか悲《かな》しげな男《おとこ》の顔《かお》。

「さあ、名乗《なの》りなさい！　おまえは誰《だれ》!?」

王妃《おうひ》は問《と》い詰《つ》めました。

「おやおや、わたしが誰《だれ》か、おわかりにならない？　それはまた寂《さび》しいことでございますなあ。《魔女《まじょ》》の王妃《おうひ》さま。」
魔女《まじょ》――その一言《ひとこと》で、王妃《おうひ》は鏡《かがみ》のなかの顔《かお》が誰《だれ》かわかったのです。
王妃《おうひ》は、ふらふらと、その場《ば》に倒《たお》れこみました。
鏡《かがみ》のなかの顔《かお》が、不気味《ぶきみ》な声《こえ》で、
「わが娘《むすめ》よ。」
と呼《よ》びかけるのを、聞《き》きながら。

9 告白《こくはく》

物音《ものおと》を聞《き》いた王《おう》が王妃《おうひ》の間《ま》にかけもどってきました。

王妃《おうひ》は冷《つめ》たい大理石《だいりせき》のゆかに倒《たお》れています。震《ふる》える手《て》に、あの呪《のろ》わしい鏡《かがみ》にかけた、おおいを握《にぎ》りしめて。

「鏡《かがみ》が……。」

王妃《おうひ》の消《き》え入《い》るような声《こえ》に、王《おう》は暖炉《だんろ》の上《うえ》の鏡《かがみ》に目《め》をやりました。

「悪《わる》かった。そなたが、冷酷《れいこく》な父《ちち》の鏡《かがみ》を、恐《おそ》れきらっていたと知《し》っていれば、ここへ持《も》ちこませるようなことは、けっしてなかったのに。」

王妃《おうひ》は王《おう》に、

「どうか、鏡《かがみ》を打《う》ちこわしてくださいませ！　王《おう》さま、お願《ねが》いでございます。」

とうったえました。

「よし、わかった。」

王《おう》は即座《そくざ》に暖炉《だんろ》の上《うえ》の鏡《かがみ》をつかみ、火《ひ》のない暖炉《だんろ》に投《な》げこみました。

鏡《かがみ》の破片《はへん》が、暗《くら》い空《そら》に散《ち》る星々《ほしぼし》のように、ゆかに散《ち》らばりました。

王妃《おうひ》は、ふっとため息《いき》をつき、

「ありがとうございます……王《おう》さま。」

つぶやくように言《い》うと、しずかに話《はな》しはじめました。

「わたくしの育《そだ》った家《いえ》には、一枚《まい》も鏡《かがみ》がございませんでした。鏡作《かがみづく》りの家《いえ》に鏡《かがみ》がないとはと、お笑《わら》いになるかもしれません。けれども父《ちち》が鏡《かがみ》を置《お》くことを許《ゆる》さず、わたくしは店《みせ》の鏡《かがみ》を見《み》ることも許《ゆる》されなかったのでございます。しかも、父《ちち》はわたくしが物心《ごころ》ついてから大《おお》きくなるまで、毎日《まいにち》のように、わたくしを、

『この憎《にく》たらしい不器量娘《ぶきりょうむすめ》。頭《あたま》も悪《わる》いし、気《き》も利《き》かん！』

と罵倒《ばとう》しつづけたのでございます。

わたくしは、鏡《かがみ》の代《か》わりに、井戸《いど》に映《うつ》るゆれる顔《かお》を見《み》ながら、毎朝髪《まいあさかみ》を整《とと》えました。行商人《ぎょうしょうにん》が来《き》ても、眉《まゆ》ずみひとつ買《か》ってもらったことはございません。化粧《けしょう》をすることもなく少女《しょうじょ》から大人《おとな》になりました。

見《み》かねた近所《きんじょ》の人《ひと》が、ときどき着古《きふる》した服《ふく》をくれました。

わたくしはそれを何度《なんど》もつくろっては着《き》ておりました。

そして毎日《まいにち》、母《はは》の肖像画《しょうぞうが》をながめては、なぜ自分《じぶん》は母《はは》のような美人《びじん》に生《う》まれなかったのかと、ひそかに天《てん》を恨《うら》みました。

母《はは》のように美人《びじん》なら、早々《はやばや》と縁談《えんだん》も決《き》まっただろうにと。

父《ちち》が申《もう》すとおりの不器量者《ぶきりょうもの》なら、一生結婚《いっしょうけっこん》もできず、この家《いえ》でねずみのように働《はたら》いて終《お》わるのだろうと。

ですから、王《おう》さまがわたくしをごらんになり、肖像画《しょうぞうが》の母《はは》とそっくりだとおっしゃったときには、ただ驚《おどろ》くばかりだったのでございます。

父《ちち》はご存《ぞん》じのとおり、名《な》のある鏡作《かがみづく》りでございましたから、大《おお》きな屋敷《やしき》に住《す》み、豪《ごう》勢《せい》な生活《せいかつ》もできたことでございましょう。けれども母《はは》と暮《く》らしたあの小《ちい》さな家《いえ》を動《うご》こうとはしませんでした。今《いま》にしてみれば、きっと、母《はは》との思《おも》い出《で》を失《うしな》いたくなかったのでございましょう。けれども、家《いえ》は年々《ねんねん》、古《ふる》びて朽《く》ちていくばかり。

わたくしがどれほど拭《ふ》き掃除《そうじ》をしても、いやなにおいは消《き》えませんでした。


両親《りょうしん》が、深《ふか》く愛《あい》し合《あ》っていたことは、誰《だれ》もが知《し》っておりました。

父《ちち》は毎年《まいとし》、クリスマスには、母《はは》のために小《ちい》さな鏡《かがみ》とろうそくを入《い》れた缶《かん》をたくさん家《いえ》の周《まわ》りの木々《きぎ》につるし、光《ひかり》のクリスマスツリーを作《つく》ったようでございます。

けれども、難産《なんざん》の末《すえ》に母《はは》が亡《な》くなると、父《ちち》の心《こころ》も死《し》にました。

父《ちち》は人生《じんせい》に絶望《ぜつぼう》し、母《はは》の死《し》と引《ひ》きかえに生《せい》を得《え》たわたくしを恨《うら》みました。

そして、二度《にど》とクリスマスを祝《いわ》いませんでした。

幼《おさな》いわたくしが母《はは》の墓《はか》に行《い》くことも許《ゆる》さず、ときには理由《りゆう》もなく、わたくしをなぐりました。

父《ちち》のわたくしへの憎《にく》しみは年々《ねんねん》、激《はげ》しくなり、王《おう》さまがわたくしにお心《こころ》をかけてくださったときも、

『ふふん、王《おう》に魔法《まほう》をかけたか、この魔女《まじょ》めが。』

と吐《は》き捨《す》てるように申《もう》したのでございます。


ところがその父《ちち》が、急《きゅう》に亡《な》くなりました。

王《おう》さまが父《ちち》の店《みせ》に初《はじ》めてお越《こ》しくださってから、わずか数日後《すうじつご》のことでございました。

父《ちち》が他界《たかい》した翌日《よくじつ》、わたくしは、父《ちち》の鏡《かがみ》をすべて店《みせ》の外《そと》へ持《も》ち出《だ》しました。大《おお》きな鏡《かがみ》は塀《へい》にたてかけ、小《ちい》さな鏡《かがみ》は近《ちか》くの木《き》につるして、光《ひかり》の木《き》を作《つく》りました。

多《おお》くの人々《ひとびと》が、わたくしが父《ちち》を悼《いた》み悲《かな》しんで、そうしたと思《おも》ったようでございま

す。

けれども、それはとんだ誤解《ごかい》でございました。

実《じつ》のところ、わたくしは、あの冷酷《れいこく》な父《ちち》が死《し》んで、せいせいしておりました。

光《ひかり》の木《き》は、自分《じぶん》が闇《やみ》から光《ひかり》あふれる世界《せかい》に踏《ふ》みだせたことの祝《いわ》いでした。

結婚式《けっこんしき》の日《ひ》、わたくしは父《ちち》のような悪魔《あくま》をけっして、わが心《こころ》には住《す》ませまいと、誓《ちか》いました。父《ちち》を忘《わす》れ去《さ》り、あなたさまと、可愛《かわい》い小鳥《ことり》のような白雪姫《しらゆきひめ》とともに、幸《しあわ》せに暮《く》らそうと、自分《じぶん》に言《い》い聞《き》かせたのです。

わたくしは、白雪姫《しらゆきひめ》を実《じつ》の娘《むすめ》のように愛《あい》したいと思《おも》いました。

ふたりで笑《わら》いながら踊《おど》り、ことあるごとに、

『白雪姫《しらゆきひめ》、あなたは、なんてきれいなの！』

と言《い》ってやりたいと思《おも》いました。

王《おう》さまから、最初《さいしょ》のお妃《きさき》さまから白雪姫《しらゆきひめ》へのお手紙《てがみ》をおあずかりしたときは、わたくしをそこまで信頼《しんらい》していただけたのかと、心《こころ》からうれしゅうございました。そし

て、ご出征中《しゅっせいちゅう》は白雪姫《しらゆきひめ》と何度《なんど》も、実《じつ》のお母《かあ》さまのお墓《はか》にお参《まい》りし、お手紙《てがみ》を読《よ》み聞《き》かせました。

わたくしの父《ちち》は、一度《いちど》たりとも、そのようなことはしてくれませんでしたけれど。

わたくしを憎《にく》み、遠《とお》ざけるばかりでございました。

けれどもわたくしは、父《ちち》が世《よ》を去《さ》るのを看取《みと》りました。

父《ちち》の手《て》を握《にぎ》り、父《ちち》のために天《てん》に命乞《いのちご》いをしました。

ところが、臨終《りんじゅう》のとき、父《ちち》はわたくしをうつろな目《め》でにらんだのです。

わたくしは驚《おどろ》き、思《おも》わず、

『どうしたの？　何《なに》か言《い》いたい？』

とたずねました。

すると父《ちち》は、苦《くる》しい息《いき》の下《した》から、こう言《い》ったのです。

『この不器量娘《ぶきりょうむすめ》！　わしは――おまえが――大《だい》きらいだ。』

と。言《い》い終《お》わったとたん、目《め》を固《かた》くとじ、この世《よ》を去《さ》りました。

それ以来《いらい》、わたくしは、父《ちち》のことを二度《にど》と思《おも》い出《だ》すまいと、心《こころ》に決《き》めました。

父《ちち》はもう、あの世《よ》に行《い》った。つらくて暗《くら》い過去《かこ》はこれで終《お》わり。

これからはきっと、いいことばかりよと。

するとまもなく、王《おう》さまが、ふたたびわたくしを訪《たず》ねてくださったのです。

結婚式《けっこんしき》の一週間《しゅうかん》ほど前《まえ》、わたくしは家《いえ》のなかにあった、母《はは》の残《のこ》したわずかな身《み》の回《まわ》りの品《しな》を見《み》つけました。

父《ちち》が生前《せいぜん》、わたくしにかくしていた装飾品《そうしょくひん》やドレスを。

どれもさほどに高価《こうか》な品《しな》とは思《おも》えませんが、繊細《せんさい》な作《つく》りの趣味《しゅみ》のよいもので、父《ちち》の手《て》で、きちんと保存《ほぞん》されてございました。

赤《あか》いウェディング・ドレスを見《み》たときには、うれし涙《なみだ》が止《と》まりませんでした。

これで、母《はは》に祝福《しゅくふく》されながら結婚《けっこん》できると思《おも》ったのです。」

王《おう》は、王妃《おうひ》のベッドの横《よこ》に、しばらく黙《だま》って座《すわ》っていました。

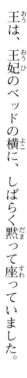

それから、ふいにひざまずき、王妃《おうひ》の手《て》を握《にぎ》りしめながら言《い》ったのです。

「かわいそうに！　そなたの父《ちち》が今《いま》、生《い》きていたならば、余《よ》はこの手《て》で、絞《し》め殺《ころ》してやったであろう。」

王妃《おうひ》は、思《おも》わず目《め》を見開《みひら》き、王《おう》を見上《みあ》げました。

いつも優雅《ゆうが》でやさしい王《おう》さまが、この自分《じぶん》のために、そんな野蛮《やばん》なことまで言《い》ってくださるとは！

王妃《おうひ》は王《おう》の手《て》を握《にぎ》り返《かえ》しました。戦場《せんじょう》で、毎日重《まいにちおも》い大砲《たいほう》を動《うご》かし、刀《かたな》をふるったために固《かた》くなり、傷《きず》だらけになった手《て》を。

王妃《おうひ》は王《おう》の腕《うで》に抱《だ》かれ、くちびるにそっとキスしました。

かつてはやわらかかった王《おう》のくちびるは、今《いま》やひび割《わ》れ、風雨《ふうう》に擦《す》り切《き》れていまず。

キスは汗《あせ》と血《ち》の味《あじ》がしました。

（なぜ人《ひと》は戦《いくさ》をするの？　なぜときは止《と》まってくれないの？）

王妃《おうひ》は目《め》をとじながら思《おも》いました。

(戦《いくさ》さえなければ、王《おう》さまが出陣《しゅつじん》なさることもない。結婚式《けっこんしき》の日《ひ》で、ときを止《と》めることができたら、王《おう》さまと白雪姫《しらゆきひめ》といっしょに、永久《えいきゅう》に、幸《しあわ》せに暮《く》らせるのに!)


けれども、年《とし》が改《あらた》まった、一月《がつ》二十三日《にち》。

王《おう》はまた出陣《しゅつじん》しました。

「おとうしゃまは、また、お出《で》かけ? さみしくなるわ。」

白雪姫《しらゆきひめ》は言《い》いました。

「姫《ひめ》よ、すぐに帰《かえ》ってくる。いつものようにな。」

白雪姫《しらゆきひめ》はうなずきました。

「可愛《かわい》い姫《ひめ》よ。そなたと離《はな》れて、余《よ》も寂《さび》しいぞ。」

王《おう》はそう言《い》うと、白雪姫《しらゆきひめ》を抱《だ》き上《あ》げました。

「おとうしゃま、大《だい》すき！」

王《おう》は白雪姫《しらゆきひめ》にキスして下《した》におろすと、手《て》をとり、くるくる回《まわ》してやりました。

それから王妃《おうひ》を固《かた》く抱《だ》きしめ、

「娘《むすめ》を頼《たの》む。」

と言《い》いました。

王妃《おうひ》と白雪姫《しらゆきひめ》はお城《しろ》の中庭《なかにわ》に立《た》ち、馬上《ばじょう》の国王《こくおう》が、雪《ゆき》をかぶった山頂《さんちょう》を越《こ》えるのを見守《みまも》りました。松明《たいまつ》の群《む》れが、冬《ふゆ》の午後《ごご》の暗《くら》い空気《くうき》のなかで、ちらちらと輝《かがや》きながら、動《うご》いていきます。

凍《い》てつくような寒《さむ》さのなか、王《おう》と軍馬《ぐんば》の影《かげ》は、王妃《おうひ》の前《まえ》からどんどん遠《とお》ざかっていきます。

やがてその影《かげ》は砂《すな》つぶほどの大《おお》きさになり、地平線《ちへいせん》の彼方《かなた》に消《き》えました。

10

恐《おそ》ろしい知《し》らせ

王《おう》が出陣《しゅつじん》すると、お城《しろ》のなかは死《し》んだように静《しず》まり返《かえ》りました。

王妃《おうひ》は孤独《こどく》な日々《ひび》を自室《じしつ》にこもって過《す》ごし、

「王《おう》さまはすぐ、お帰《かえ》りになる。そうすればまた元《もと》の楽《たの》しい生活《せいかつ》が始《はじ》まるわ。」

と自分《じぶん》をはげましていました。するとある日《ひ》、

「あの……あのぅ、王妃《おうひ》さま。これが……。」

見《み》たことのない小間使《こまづか》いの少女《しょうじょ》が、大《おお》きな包《つつ》みを抱《かか》えてやってきました。

高《たか》さは少女《しょうじょ》の背丈《せたけ》ほど。何《なに》が入《はい》っているのか、麻布《あさぬの》でざっと包《つつ》まれています。

「これが本日届《ほんじつとど》きましてございます。衛兵《えいへい》がなかをあらため、危険《きけん》はないと……。」

「どこから来《き》たの？」

王妃《おうひ》が聞《き》くと、少女《しょうじょ》は、

「存《ぞん》じません。でも、このような書状《しょじょう》がついておりました。」

うつむきながら、王妃《おうひ》に羊皮紙《ようひし》の巻紙《まきがみ》を差《さ》し出《だ》しました。

王妃《おうひ》は巻紙《まきがみ》を受《う》け取《と》ると広《ひろ》げました。大《おお》きな紙面《しめん》にはただ一行《ぎょう》、

「〝すてきな、おもてなし、ありがとう！〟」

とだけ書《か》かれています。王妃《おうひ》は眉《まゆ》を上《あ》げると、小間使《こまづか》いの少女《しょうじょ》に聞《き》きました。

「おまえは、中身《なかみ》が何《なに》かを知《し》らないと言《い》いましたね？」

「はい、存《ぞん》じませんので――王妃《おうひ》――さま。」

少女《しょうじょ》は小声《こごえ》で答《こた》えます。

「わかりました。ではなかに入《い》れなさい。」

王妃《おうひ》の命令《めいれい》で、衛兵《えいへい》たちが包《つつ》みを部屋《へや》に運《はこ》びこみました。

「あのぅ、王妃《おうひ》――さま。ほかに――ご用事《ようじ》は？」

「ないわ。下《さ》がってよろしい。」

小間使《こまづか》いと衛兵《えいへい》が下《さ》がると、王妃《おうひ》は改《あらた》めて包《つつ》みをながめ、手紙《てがみ》を読《よ》み返《かえ》しました。

「〝すてきな、おもてなし、ありがとう！〟？　まさか？」

急《いそ》いで包《つつ》みを開《あ》けると、そのとたん、

「おはようございます、王妃《おうひ》さま。」

あの顔《かお》が、鏡《かがみ》のなかから王妃《おうひ》に呼《よ》びかけたのです。

王妃《おうひ》は悲鳴《ひめい》を上《あ》げ、思《おも》わず後《あと》ずさりしました。

「お久《ひさ》しぶりですなあ。」

「お黙《だま》り、この悪魔《あくま》！　おまえなどに用《よう》はない！」

美《うつく》しい目《め》をつりあげる王妃《おうひ》に、鏡《かがみ》のなかの男《おとこ》は少《すこ》しもひるまず、

「悪魔《あくま》ではございません、王妃《おうひ》さま。わたしは、王妃《おうひ》さまの奴隷《どれい》です。あなたさまは、王《おう》さまが恋《こい》しくてしかたない。王《おう》さまがおられたら、どれほど頼《たよ》りになるかとお思《おも》いだ。でもねえ、王妃《おうひ》さま、今《いま》、お役《やく》に立《た》てるのは、このわたしです。」

にやりと笑《わら》いました。

「何《なに》をばかな！　そなたが、わたくしに何《なに》をしてくれると言《い》う！」

王妃《おうひ》が問《と》い詰《つ》めると、男《おとこ》はゆうゆうと答《こた》えました。

「お忘《わす》れですか？　王妃《おうひ》さま。この国《くに》の人《ひと》の動《うご》きも、できごとも、すべて知《し》っているのが、わたしめ。たとえば、あなたの可愛《かわい》い姫《ひめ》さまが今《いま》、どうされているかも、お気《き》に入《い》りの侍女《じじょ》ベローナの心《こころ》のなかも、すべて知《し》っております。ところで、あなたさまが今《いま》、気《き》にしておられますのは？　王《おう》さまのことでございますね。さて王《おう》さまの最新《さいしん》の情報《じょうほう》は――なぜだろう？　二、三日前《にちまえ》で切《き》れておりますぞ。おお！　敵《てき》の矢《や》がほおをかすめ、おびただしい血《ち》が、ほおを伝《つた》い――。耳《みみ》をつんざくような大砲《たいほう》の音《おと》が！　戦場《せんじょう》は大混乱《だいこんらん》。だが王《おう》さまは勇敢《ゆうかん》にも、血《ち》を流《なが》しながら戦《たたか》いつづけます。すると――おお！　槍《やり》を持《も》った敵《てき》が背後《はいご》にしのび寄《よ》ってきましたぞ。だが王《おう》さまは気《き》づかない。おお、おお！　槍《やり》は、そのたくましい背《せ》を刺《さ》し――厚《あつ》い胸《むね》を一気《いっき》に貫《つらぬ》き……。」

「お黙《だま》り！　鬼《おに》め、悪魔《あくま》め！　まるで見《み》てきたようなうそを！」

男《おとこ》はうすら笑《わら》いを浮《う》かべ、わめきたてる王妃《おうひ》をじっと見《み》つめました。

「立《た》ち去《さ》れ！　消《き》えろ！」

王妃《おうひ》は叫《さけ》び、手元《てもと》のガラス瓶《びん》をつかむと、鏡《かがみ》に向《む》かって投《な》げつけました。

そこへ、ベローナが目《め》を血走《ちばし》らせ、涙《なみだ》を流《なが》しながら、部屋《へや》にかけこんできました。

「王妃《おうひ》さま！」

ベローナは震《ふる》え声《ごえ》で呼《よ》びかけ、王妃《おうひ》を抱《だ》きしめました。

「どこかで、お聞《き》きになったのですね？　あの――恐《おそ》ろしい知《し》らせを。」

王妃《おうひ》はベローナの泣《な》きぬれた目《め》をのぞきこみました。

「恐《おそ》ろしい知《し》らせ⁉　それは何《なに》よ！　はっきり言《い》いなさい！」

「王《おう》さまが――。ご遺体《いたい》は――こちらに運《はこ》ばれてくる途中《とちゅう》だと――。」

ベローナは、とぎれとぎれに言《い》いました。

王妃《おうひ》は震《ふる》えながら、ベローナを見《み》つめました。

「王《おう》さまが亡《な》くなるなんて！　そんなばかな！　二か月前《げつまえ》に、出陣《しゅつじん》をお見送《みおく》りしたばかりよ。おけがをなさった。そう、おけがをなさっただけよ。戦地《せんち》からの報告《ほうこく》なんて、いつも間違《まちが》いばかり。だから、王《おう》さまは生《い》きておいでなの。そしてわたくしのもとへ帰《かえ》っていらっしゃる、わたくしのもとへ、お城《しろ》へ――もうすぐ。」

ベローナは悲《かな》しげに、首《くび》を横《よこ》にふりました。

（亡《な》くなった⁉　王《おう》さまが？

もう二度《にど》と、生《い》きた王《おう》さまに、お会《あ》いできない。あの晴《は》れ晴《ば》れとしたお声《こえ》を聞《き》くことは、もうない。暖炉《だんろ》の前《まえ》で、白雪姫《しらゆきひめ》とドラゴン退治《たいじ》ごっこをなさるところも、姫《ひめ》におとぎ話《ばなし》を聞《き》かせるお姿《すがた》を見《み》ることもない……。）

王妃《おうひ》は涙《なみだ》をぬぐい、

「下《さ》がってよろしい。」

と、ベローナに告《つ》げました。

ベローナは王妃《おうひ》の肩《かた》に、そっと手《て》を置《お》きました。

「どうか、おそばに置《お》いてくださいませ。」

小《ちい》さな声《こえ》で、熱心《ねっしん》に頼《たの》みます。けれども、

「ありがとう、ベローナ。でも今《いま》は、ひとりにしておいて。」

と、王妃《おうひ》は言《い》いました。

ベローナが下《さ》がったとたん、王妃《おうひ》の心《こころ》に、耐《た》えがたい悲《かな》しみと怒《いか》りがのしかかってきました。

（つらい……。最愛《さいあい》の王《おう》さまがいらっしゃらない人生《じんせい》など、生《い》きる意味《いみ》もない。）

王妃《おうひ》は一瞬《いっしゅん》、みずから命《いのち》を絶《た》とうかとまで、思《おも》いつめました。

けれども、あとに残《のこ》された幼《おさな》い白雪姫《しらゆきひめ》を思《おも》えば、そうかんたんにはいきません。

亡《な》き王《おう》の忘《わす》れ形見《がたみ》は、王妃《おうひ》にとってもかけがえのない存在《そんざい》です。

愛《あい》する王《おう》の悲報《ひほう》を姫《ひめ》に伝《つた》えるのは、王妃《おうひ》であり姫《ひめ》の母《はは》である自分《じぶん》しかありません。

王妃《おうひ》は決心《けっしん》を固《かた》め、中庭《なかにわ》の井戸端《いどばた》で遊《あそ》んでいる姫《ひめ》を見《み》つけると、

「あのね、可愛《かわい》い小鳥《ことり》ちゃん、お話《はなし》があるの。」

ふりしぼるような声《こえ》で、呼《よ》びかけました。

白雪姫《しらゆきひめ》は、顔《かお》を上《あ》げると、

「おかあしゃま。おとうしゃまが、帰《かえ》っていらっしゃるの？」

ぱっと顔《かお》を輝《かがや》かせました。

「あのね、小鳥《ことり》……ちゃん……。」

王妃《おうひ》は、思《おも》わず声《こえ》をつまらせます。

「おかあしゃま！　どうなさったの？」

王妃《おうひ》は首《くび》を横《よこ》にふり、目《め》を固《かた》くとじて、涙《なみだ》をこらえました。

白雪姫《しらゆきひめ》は、可愛《かわい》い小鳥《ことり》のように首《くび》をかしげると、王妃《おうひ》を見上《みあ》げました。

「おとうしゃまのお帰《かえ》りが、のびたのね？」

王妃《おうひ》は首《くび》を横《よこ》にふりました。

「いいえ、小鳥《ことり》ちゃん。お父《とう》さまはね――もう、お帰《かえ》りには、ならないの。」

「うそ、うそ！　おとうしゃまは、すぐに帰《かえ》るとおっしゃったわ。おとうしゃまが、お約束《やくそく》を破《やぶ》ったことある？」

王妃《おうひ》は白雪姫《しらゆきひめ》を抱《だ》きしめたまま、激《はげ》しく泣《な》きだしました。

「おかあしゃま――ねえ、おかあしゃま、どうしたの?」

ひとしきり泣《な》くと、姫《ひめ》の頭《あたま》をなで、手《て》を引《ひ》いてお城《しろ》のなかにもどりました。

ベローナがさっそく、大広間《おおひろま》の奥《おく》からとび出《だ》してきます。

「ベローナ。姫《ひめ》をお願《ねが》い。」

王妃《おうひ》は言《い》いました。

「いやよ、おかあしゃま! わたしを、おいていかないで!」

白雪姫《しらゆきひめ》は王妃《おうひ》のスカートにしがみついて、泣《な》きだします。

「ベローナ、はやく! 姫《ひめ》を連《つ》れていって!」

王妃《おうひ》は鋼《はがね》のように固《かた》い表情《ひょうじょう》で命《めい》じると、そのまま歩《ある》きだしました。

そして自室《じしつ》へ引《ひ》き上《あ》げ、扉《とびら》を閉《し》めたとたん、ゆかにくずおれました。

暖炉《だんろ》の上《うえ》の鏡《かがみ》のなかから、〈奴隷《どれい》〉と名乗《なの》る亡《な》き父《ちち》が、冷《つめ》たくその姿《すがた》を見下《みお》ろしているのも知《し》らず。

11

別《わか》れ

王《おう》のなきがらは、お城《しろ》の一室《いっしつ》に安置《あんち》されました。それから一週間《しゅうかん》、王妃《おうひ》は眠《ねむ》っているあいだに、何度《なんど》も王《おう》の手《て》を感《かん》じました。階段《かいだん》を上《あ》がってくる音《おと》、扉《とびら》をノックする音《おと》、ときには王《おう》の笑《わら》い声《ごえ》が聞《き》こえたような気《き》さえしました。そのたびに王妃《おうひ》は、

「どうか夫《おっと》をお返《かえ》しください。これからはもっとよい妻《つま》になります。」

王《おう》の棺《ひつぎ》の横《よこ》で、天《てん》に乞《こ》い願《ねが》いました。

けれどもついに、王《おう》のなきがらに目《め》を向《む》けることができなくなり、ベローナに頼《たの》んで、お守《まも》りを代《か》わってもらうことにしたのです。

葬儀《そうぎ》の日《ひ》がやっと決《き》まっても、鏡《かがみ》のなかの奴隷《どれい》はいっこうに顔《かお》を見《み》せません。

すると奇妙《きみょう》なことに、王妃《おうひ》のほうが、奴隷《どれい》の姿《すがた》を見《み》たいと思《おも》うようになりました。

（もしあの奴隷《どれい》が、この王国《おうこく》のことがすべて見《み》えるというなら、外国《がいこく》のことも、いや、そのまた向《む》こうの「あの世《よ》」と呼《よ》ばれる世界《せかい》のことも見通《みとお》せるにちがいない……。）

王妃《おうひ》は毎日《まいにち》、朝《あさ》の間《ま》から井戸《いど》のある中庭《なかにわ》をぼんやりながめました。

王《おう》の戦死《せんし》からもうすぐ半月《はんつき》。城主《じょうしゅ》を失《うしな》った城《しろ》にも、春《はる》はしずかに訪《おとず》れ、花壇《かだん》の花《はな》がおだやかな風《かぜ》にゆれるようになりました。そんなある日《ひ》。

「大変《たいへん》だったわねえ！　手伝《てつだ》いにきましたよ。」

輝《かがや》かしい銀髪《ぎんぱつ》を二つのまげに結《ゆ》った老婦人《ろうふじん》が、朝《あさ》の間《ま》の入《い》り口《ぐち》に立《た》っていました。

髪《かみ》を日《ひ》の光《ひかり》に輝《かがや》かせ、目《め》を温《あたた》かな涙《なみだ》で光《ひか》らせて。これはいったい、どなた？

よく知《し》った顔《かお》が、老婦人《ろうふじん》の後《うし》ろから進《すす》み出《で》ました――マーカス大《おお》おじです。

（ではこのかたは、ビビアン大《おお》おばさま？）

「そなたのビビアン大《おお》おばは、やっと病《やまい》から抜《ぬ》けたのじゃ。」

「なんでも言《い》ってちょうだいな。あたくしにまかせて。遠慮《えんりょ》はいりませんからね。」

大《おお》おじ夫妻《ふさい》は、口々《くちぐち》に言《い》いました。王妃《おうひ》がうなずいたとたん、

「とりあえず熱《あつ》いお茶《ちゃ》は？　何《なに》かおあがりなさい。何日《なんにち》もろくに食《た》べていないと、ベローナが言《い》っていましたよ。」

ビビアン大《おお》おばの勧《すす》めに王妃《おうひ》は弱々《よわよわ》しくほほえみ、うなずきました。こんなときに頼《たよ》りになるのはやはり、年上《としうえ》の親戚《しんせき》だと、改《あらた》めて知《し》ったのです。

ビビアン大《おお》おばの大奮闘《だいふんとう》で、ついに、王《おう》との告別《こくべつ》の準備《じゅんび》が整《ととの》いました。

お城《しろ》の会堂《かいどう》での葬儀《そうぎ》が終《お》わると、王《おう》の遺体《いたい》は、ある雨《あめ》の朝《あさ》、両親《りょうしん》や祖先《そせん》たちが眠《ねむ》る霊廟《れいびょう》に安置《あんち》されることになりました。美《うつく》しい二頭《とう》の黒馬《くろうま》が引《ひ》く馬車《ばしゃ》のなかには、王妃《おうひ》の好《す》きなばらの花《はな》でおおわれた王《おう》の棺《ひつぎ》がのせられています。

この国《くに》の慣習《かんしゅう》で、葬送《そうそう》に王妃《おうひ》と姫《ひめ》は霊廟《れいびょう》まではついていけません。

細《ほそ》く編《あ》んだ髪《かみ》を複雑《ふくざつ》な形《かたち》に結《ゆ》い上《あ》げた王妃《おうひ》は、深紅《しんく》のビーズの刺繍《ししゅう》を散《ち》らした黒《くろ》いドレスをまとい、城門《じょうもん》の前《まえ》で白雪姫《しらゆきひめ》とともに馬車《ばしゃ》を見送《みおく》りました。何人《なんにん》もの従者《じゅうしゃ》たち

が王妃《おうひ》の頭上《ずじょう》に黒《くろ》く厚《あつ》い布《ぬの》をかざし、降《ふ》る雨《あめ》から王妃《おうひ》を守《まも》っています。

(この子《こ》がまた幸《しあわ》せになる日《ひ》は来《く》るのかしら?)

王妃《おうひ》は赤《あか》いドレスを着《き》た幼《おさな》い姫《ひめ》の手《て》を握《にぎ》りしめるとため息《いき》をつき、ベローナを呼《よ》んで、城《しろ》のなかに連《つ》れていかせました。ふたりが王妃《おうひ》に背《せ》を向《む》けて歩《ある》きだすと、

「あらま、残念《ざんねん》!」

「あんなに若《わか》くて――。」

「死《し》んじゃうなんてねえ!」

三つの金切《かなき》り声《ごえ》と、けたたましい笑《わら》い声《ごえ》が聞《き》こえてきました。

王妃《おうひ》が思《おも》わず顔《かお》を上《あ》げると、いつの間《ま》にか、目《め》の前《まえ》に奇妙《きみょう》な三姉妹《しまい》が立《た》っていました。

「どうしても、参列《さんれつ》したくて、来《き》たの。」

「あんなに気《き》まずく別《わか》れたあとだけど――。」

「かまわないわよね!」

ルシンダ、マーサ、ルビーが口々《くちぐち》に叫《さけ》びます。

「ご参列《さんれつ》、ありがとうございます。」

王妃《おうひ》が礼儀《れいぎ》正《ただ》しく言《い》うと、三人《にん》はにやりと笑《わら》い、

「ちょっと聞《き》きたいんだけど。」

「あたしたちの贈《おく》り物《もの》――。」

「受《う》け取《と》ってくれたわよね。」

また、けたけたと笑《わら》います。王妃《おうひ》がうわの空《そら》でうなずくと、

「ほら、ほら、ほら！」

「あんたのお父《とう》さんを手《て》なずける必要《ひつよう》ができたら――、」

「すぐに連絡《れんらく》してちょうだいよ！」

三人《にん》はまた、口々《くちぐち》に言《い》うと、たがいの顔《かお》を見合《みあ》わせて、きゃっきゃと笑《わら》い合《あ》い、ふいに姿《すがた》を消《け》しました。

12 鏡《かがみ》よ、鏡《かがみ》

王《おう》の葬儀《そうぎ》からもどると、王妃《おうひ》は自室《じしつ》に引《ひ》きこもり、ベローナ以外《いがい》の誰《だれ》とも会《あ》わなくなりました。白雪姫《しらゆきひめ》が王妃《おうひ》の間《ま》を訪《たず》ねてきても、けっして入《い》れようとはしません。姫《ひめ》のことはもちろん、気《き》になっていました。けれどもその顔《かお》を、その目《め》を見《み》れば、王《おう》を思《おも》い出《だ》さずにいられないからです。

「王妃《おうひ》さま。どうか白雪姫《しらゆきひめ》さまにお会《あ》いくださいませ。姫《ひめ》さまはとても寂《さび》しがっておいでです。マーカスさまもビビアンさまも、いてくださいます。ハントマンもおります。でも姫《ひめ》さまが一番頼《いちばんたよ》りにしていらっしゃるのは、王妃《おうひ》さまでございますから。」

ベローナが必死《ひっし》でうったえても、王妃《おうひ》は首《くび》を横《よこ》にふるばかり。

「わかっているの。でも今《いま》は――自分《じぶん》のことで、せいいっぱい。」

「お察《さっ》しいたします。わたくしでしたら、いつでもお話《はな》し相手《あいて》にまいりますから。」

「ありがとう、ベローナ。感謝《かんしゃ》するわ。でも、今《いま》はひとりにして。」

ベローナはドレスの両《りょう》すそをつまんでおじぎをし、部屋《へや》を出《で》ていきました。

部屋《へや》の扉《とびら》が閉《し》まるとすぐ、王妃《おうひ》は鏡《かがみ》の前《まえ》にかけよりました。王《おう》の葬儀《そうぎ》の日《ひ》以来《いらい》、毎《まい》日《にち》のように鏡《かがみ》をのぞきこむのですが、奴隷《どれい》はいっこうに姿《すがた》を見《み》せません。

王妃《おうひ》は、奴隷《どれい》が現《あらわ》れたら、すぐにでも王《おう》があの世《よ》でどうしているかを聞《き》きたいと思《おも》っていました。けれども鏡《かがみ》に映《うつ》るのは、いつも自分《じぶん》の姿《すがた》ばかり。

ある日《ひ》、ふと気《き》がつくと、王《おう》から世界一《せかいいち》の美人《びじん》と呼《よ》ばれた自分《じぶん》が、涙《なみだ》ではれ上《あ》がった目《め》と顔《かお》に、髪《かみ》をふりみだした、うつろなまなざしの、みじめな女《おんな》に成《な》り果《は》てていたのです。

（ああ、ひどい顔《かお》！　王《おう》さまが生《い》きていらしたら、何《なん》とおっしゃるか。）

王妃《おうひ》が思《おも》わず両手《りょうて》で顔《かお》をおおったとき、鏡《かがみ》のなかで何《なに》かが動《うご》きました。

（もしや――もしや。）

王妃《おうひ》はわらにもすがる気持《きも》ちで、目《め》をこらしました。すると……。

「久《ひさ》しぶりだな、娘《むすめ》よ。葬式《そうしき》は楽《たの》しめたかね？」

あのおぞましい顔《かお》が、偉《えら》そうに声《こえ》をかけてきたのです。王妃《おうひ》はかっとして、

「誰《だれ》が愛《あい》する夫《おっと》の葬式《そうしき》を楽《たの》しめるものか！　奴隷《どれい》よ。質問《しつもん》に答《こた》えよ。」

と、鏡《かがみ》のなかの男《おとこ》をにらみつけました。

「質問《しつもん》でございますか？　王妃《おうひ》さま。」

男《おとこ》は、わざとへりくだった口調《くちょう》で聞《き》き返《かえ》します。王妃《おうひ》はさらにかっとし、

「王《おう》さまは――わたくしの愛《あい》する王《おう》さまは、今《いま》、どうしておられる？」

と問《と》い詰《つ》めました。鏡《かがみ》のなかの男《おとこ》は、ふふんと笑《わら》い、

「さあ、存《ぞん》じません。」

うすいくちびるをゆがめました。そして、

「おまえは、なんでもお見通《みとお》しだと言《い》ったではないか！」

と抗議《こうぎ》する王妃《おうひ》を、平然《へいぜん》とかわします。

「いかにわたしでも、あの世《よ》は見《み》えません。ですが、この王国《おうこく》のことなら、すべてお見通《みとお》し。王妃《おうひ》さまには悲《かな》しいできごとのあと——大《たい》そうなお喜《よろこ》びごとが待《ま》っていますな。」

「最愛《さいあい》の夫《おっと》を失《うしな》ったわたくしに、この先《さき》どんな喜《よろこ》びごとが待《ま》っていると？」

王妃《おうひ》が眉《まゆ》をひそめると、

「おや、ご存《ぞん》じない？　それは残念《ざんねん》。」

男《おとこ》はそう言《い》うなり、さっと消《き》え去《さ》りました。

王妃《おうひ》は鏡《かがみ》のおもてを、こぶしで何度《なんど》も激《はげ》しくたたきました。けれども男《おとこ》は二度《にど》と、出《で》てきません。

（奴隷《どれい》と言《い》うくせに、失礼《しつれい》で、気《き》まぐれで！　いったい、どう手《て》なずければ——。）

そう思《おも》ったとたん、王妃《おうひ》の耳《みみ》に、あの三人《にん》の声《こえ》がよみがえったのです。

〝ほら、ほら、ほら！〟

〝あんたのお父《とう》さんを手《て》なずける必要《ひつよう》ができたら――、〟

〝すぐに連絡《れんらく》してちょうだいよ！〟

王妃《おうひ》は、急《いそ》いで手紙《てがみ》をしたため、伝令《でんれい》を呼《よ》びました。

奇妙《きみょう》な三姉妹《しまい》の館《やかた》は、お城《しろ》から大変遠《たいへんとお》いところにありました。けれども、王妃《おうひ》の伝《でん》令《れい》が来《き》た翌日《よくじつ》、三人《にん》そろってお城《しろ》にやってきました。三姉妹《しまい》を見《み》たベローナは、とたんに眉《まゆ》をひそめ、白雪姫《しらゆきひめ》はおびえ、従者《じゅうしゃ》たちはいっせいに、いやな顔《かお》をしました。

三人《にん》は、王妃《おうひ》の間《ま》に通《とお》されたとたん、

「あらまあ！　夫《おっと》が死《し》んだら――、」

「とたんに、やつれて、ふけこんで！」

「白髪《しらが》もいっぱい、あるみたい。」

口々《くちぐち》に言《い》うと、三人《にん》で王妃《おうひ》を取《と》り囲《かこ》み、王妃《おうひ》の髪《かみ》を引《ひ》っ張《ぱ》りはじめました。

王妃《おうひ》は必死《ひっし》でもがき、三人《にん》の手《て》から逃《のが》れると、

「わたくしに鏡《かがみ》を贈《おく》ってくださったのは、あなたがたかしら？」

姿勢《しせい》を正《ただ》し、奇妙《きみょう》な三姉妹《しまい》の顔《かお》を次々《つぎつぎ》と見回《みまわ》しました。

三姉妹《しまい》の顔《かお》に、不気味《ぶきみ》な笑《わら》いが広《ひろ》がりました。

「鏡作《かがみづく》りの魂《たましい》をとじこめた、魔法《まほう》の鏡《かがみ》でしょ？」

「もちろんよ！　王妃《おうひ》さま。」

「あれは、あたしたちの鏡《かがみ》だもん！」

「あれはあんたの父親《ちちおや》が作《つく》った鏡《かがみ》。」

「あたしたちが、あんたの父親《ちちおや》の魂《たましい》をとじこめた鏡《かがみ》。」

「わかった？」

三姉妹《しまい》はそろって、にんまり笑《わら》いました。

「父《ちち》の魂《たましい》を――とじこめた？」

王妃《おうひ》が眉《まゆ》を上《あ》げると、三人《にん》はまた、かしましく話《はな》しだしました。

「いたずらじゃないわよ。あいつが頼《たの》んできたの。」

「そうよ、そうそう！　あいつは、あたしたちに、進《すす》んで自分《じぶん》の魂《たましい》を売《う》ったの。」

マーサとルビーが、けたたましく笑《わら》います。

「魂《たましい》を売《う》った？　いったい、どういう事情《じじょう》で？」

王妃《おうひ》が目《め》を見張《みは》ると、ルシンダが得意《とくい》げに話《はな》しだしました。

「あんたの母親《ははおや》が、子《こ》どもをほしがったわけ——子《こ》どもができない体《からだ》なのにね。あんたの父親《ちちおや》は、妻《つま》の喜《よろこ》ぶ顔《かお》が見《み》たいばっかりに、あたしたちに頼《たの》みにきた。子《こ》どもを授《さず》けてと。」

「親切《しんせつ》で有名《ゆうめい》な、あたしたち三姉妹《しまい》は、望《のぞ》みを聞《き》いてあげることにしたわけ。でもね——。」

「お代《だい》は高《たか》いわよ、って言《い》ったわ。わかる？　王妃《おうひ》さま。」

三姉妹《しまい》はかしましく笑《わら》いながら、王妃《おうひ》の顔《かお》をのぞきこみました。

「で、父《ちち》はお代《だい》を払《はら》った……。自分《じぶん》の魂《たましい》で。」

「ええ、そのとおりよ、王妃《おうひ》さま。あんたの父親《ちちおや》は、自分《じぶん》の魂《たましい》を売《う》って、あんたを得《え》たの。」

ルシンダが言《い》うと、三姉妹《しまい》はそろってうなずき、ちょこんと首《くび》をかしげました。

（あの冷酷《れいこく》な父《ちち》が、自分《じぶん》の魂《たましい》を売《う》ってまで得《え》た子《こ》が、このわたし……。）

王妃《おうひ》はどう考《かんが》えていいか、わからなくなりました。するとルシンダが言《い》ったのです。

「ところがね、皮肉《ひにく》にも、あんたの母親《ははおや》は愛情深《あいじょうぶか》い夫《おっと》にお礼《れい》を言《い》うひまもなく死《し》んだ。あとに残《のこ》ったのは赤《あか》ん坊《ぼう》のあんたと——ねえ、ルビー？」

「あたしたちに魂《たましい》を売《う》り渡《わた》した父親《ちちおや》だけ！　そうでしょ？　マーサ。」

「そう。で、魂《たましい》を売《う》った者《もの》がどんな性格《せいかく》になるかは、想像《そうぞう》つくでしょ？　王妃《おうひ》さま。」

王妃《おうひ》は真《ま》っ青《さお》になりました。

「あたしたちは、あんたの父親《ちちおや》が作《つく》った鏡《かがみ》に、その魂《たましい》をとじこめ、店《みせ》の奥《おく》にかくさせた。」

「その後《ご》のある日《ひ》、父親《ちちおや》から王《おう》に献上《けんじょう》させ——、」

「王《おう》からあんたに贈《おく》らせるようにしたの！」

「よかったわね、王妃《おうひ》さま。」

「あんたの父親《ちちおや》は死《し》んだけど、いつもあの鏡《かがみ》のなかにいるんだから——奴隷《どれい》としてね。」

「おや？　王妃《おうひ》さま。そんな顔《かお》してどうしたの？」

「もしかして、奴隷《どれい》が言《い》うことをきかないとか？」

「そうでしょ？」

「当《あ》たり？」

三人《にん》が声《こえ》を合《あ》わせて聞《き》きました。

王妃《おうひ》はうなだれ、何《なに》も言《い》わずにうなずきました。

「なーんだ、そんなの、かんたん。」

「呪文《じゅもん》があるのよね、ルシンダ？」

マーサとルビーが叫《さけ》びます。

三姉妹《しまい》は手《て》をつないで鏡《かがみ》に向《む》かい、つないだ手《て》をふり上《あ》げると、声《こえ》を合《あ》わせて呪文《じゅもん》を唱《とな》えました。

〝鏡《かがみ》よ鏡《かがみ》、奴隷《どれい》を出《だ》せ。さあ、奴隷《どれい》、風《かぜ》と暗闇《くらやみ》の地獄《じごく》からぬけだし、姿《すがた》を現《あらわ》せ。〟

すると、あたりに冷《つめ》たい風《かぜ》が立《た》ち、カーテンがふらふらとゆれ――。鏡《かがみ》のなかに炎《ほのお》が見《み》え、紫《むらさき》の渦巻《うずま》く霧《きり》のなかに、例《れい》の顔《かお》が現《あらわ》れたのです。不気味《ぶきみ》な仮面《かめん》のような顔《かお》が。

「ご主人《しゅじん》さまがた。わたしめに、ご用《よう》でも？」

三姉妹《しまい》はくすくす笑《わら》い、急《きゅう》に真顔《まがお》になると、

「おまえは、新《あたら》しい主人《しゅじん》に、どうしてそうも無礼《ぶれい》なの⁉」

と、ルシンダが叱《しか》りつけました。

「申《もう》し訳《わけ》ございません。しかし、このように力不足《ちからぶそく》のご主人《しゅじん》では――。」

三姉妹《しまい》は、けらけらと笑《わら》いだし、声《こえ》をそろえて、

「下《さ》がってよし！」

と言《い》いました。鏡《かがみ》のなかの顔《かお》は、渦巻《うずま》く紫《むらさき》の煙《けむり》のなかに飲《の》みこまれて消《き》えました。

「あいつはね、こんな風《ふう》にしつけるの。わかった？　王妃《おうひ》さま。」

ルシンダが聞《き》きました。

「よくわかりました。ではもう下《さ》がってよい。」

王妃《おうひ》は冷《つめ》たく言《い》い放《はな》つと、扉《とびら》を指差《ゆびさ》しました。

「あ、そう。じゃ帰《かえ》るわね。」

「犬《いぬ》みたいに追《お》い払《はら》われたお礼《れい》に、おみやげを、置《お》いてくわ。」

「地下室《ちかしつ》、見《み》てよ！」


三姉妹《しまい》がお城《しろ》を去《さ》ると、王妃《おうひ》は魔法《まほう》の鏡《かがみ》に近《ちか》づき、三姉妹《しまい》に習《なら》ったとおりの呪文《じゅもん》を唱《とな》えました。すると鏡《かがみ》のなかがざわつき、炎《ほのお》のなかからあの顔《かお》が現《あらわ》れたのです。

「何《なに》をお知《し》りになりたいので？　王妃《おうひ》さま。」

奴隷《どれい》はたずねました。

「王《おう》さまのことを。王《おう》さまはどちらにおいで？　天国《てんごく》？　それとも悪魔《あくま》とごいっしょ？」

「前《まえ》にも申《もう》し上《あ》げましたが、王妃《おうひ》さま。わたしにあの世《よ》のことはわかりません。」

奴隷《どれい》は、冷《つめ》たく答《こた》えます。

がっかりした王妃《おうひ》がふと鏡《かがみ》を見《み》ると、奴隷《どれい》の顔《かお》の横《よこ》に、自分《じぶん》の顔《かお》が映《うつ》っています。

しわだらけで、鼻《はな》の曲《ま》がった、醜《みにく》い老婆《ろうば》の顔《かお》が。

「では鏡《かがみ》よ。この国《くに》で一番美《いちばんうつく》しいのは誰《だれ》？」

王妃《おうひ》は、すてばちになって聞《き》きました。

「おわかりですね？　王妃《おうひ》さま。わたしは、うそは申《もう》せません。」

「それは承知《しょうち》。奴隷《どれい》よ。さあお言《い》い。この国《くに》で一番美人《いちばんびじん》なのは、誰《だれ》？」

「……王妃《おうひ》さま。それは、あなたでございますよ。」

鏡《かがみ》のなかの男《おとこ》は、答《こた》えました。

白髪《しらが》をふりみだした王妃《おうひ》の顔《かお》に、満足《まんぞく》げなほほえみが広《ひろ》がりました。

13 嫉妬《しっと》

それからまもなく、王妃《おうひ》グリムヒルデは亡《な》き夫《おっと》の後《あと》をついで、女王《じょおう》となりました。

戴冠式《たいかんしき》は、初夏《しょか》のある晴《は》れやかな日《ひ》に行《おこな》われました。中庭《なかにわ》の井戸《いど》の前《まえ》には、戴冠用《たいかんよう》の玉座《ぎょくざ》、りんごの木立《こだち》は淡《あわ》いピンクの花《はな》を咲《さ》かせ、そよ風《かぜ》が草《くさ》むらを吹《ふ》き抜《ぬ》け――。

(王《おう》さまとの結婚式《けっこんしき》も、ちょうどこんな日《ひ》だった……。)

グリムヒルデが思《おも》わず涙《なみだ》ぐみながら、廊下《ろうか》を歩《ある》きだしたとき、

「おかあしゃま！　お会《あ》いしたかった！」

白雪姫《しらゆきひめ》がベローナの手《て》をふり切《き》って、かけよってきました。

「ああ、わたしもよ！　小鳥《ことり》ちゃん。」

グリムヒルデは白雪姫《しらゆきひめ》を抱《だ》き上《あ》げました。

「おお！　なんとやさしく、お美《うつく》しい！」

つめかけた群衆《ぐんしゅう》のなかから大喝采《だいかっさい》が起《お》こります。

ベローナもマーカス大《おお》おじも、にこにこと手《て》をふっています。

グリムヒルデは、白雪姫《しらゆきひめ》をやさしく抱《だ》いたまま、ふたたび歩《ある》きはじめます。

そして、白雪姫《しらゆきひめ》をひざにのせ、用意《ようい》された玉座《ぎょくざ》に座《すわ》りました。

戴冠式《たいかんしき》がぶじ終《お》わると、祝砲《しゅくほう》が鳴《な》り、無数《むすう》の風船《ふうせん》が空《そら》に上《あ》がります。

「グリムヒルデさま、ばんざい！　女王陛下《じょおうへいか》、ばんざい！」

グリムヒルデは自分《じぶん》のなかに、女王《じょおう》としての自信《じしん》と威厳《いげん》が、ふつふつと湧《わ》き上《あ》がるのを感《かん》じました。

自室《じしつ》にもどったグリムヒルデは、うきうきと鏡《かがみ》に向《む》かいました。

（わたしはやさしく、美《うつく》しい、女王陛下《じょおうへいか》よ。みんながそう言《い》ってくれた。）

なるほど、鏡《かがみ》のおもてには、人々《ひとびと》がほめたたえたとおりの、輝《かがや》くばかりに美《うつく》しい女《じょ》王《おう》の姿《すがた》が映《うつ》っています。けれどもグリムヒルデは、それだけでは満足《まんぞく》しませんでした。

女王《じょおう》である自分以上《じぶんいじょう》に美《うつく》しい女《おんな》がこの国《くに》にいることは、とても許《ゆる》せなかったのです。

（あの奴隷《どれい》を呼《よ》び出《だ》して、たしかめてみよう。）

グリムヒルデは鏡《かがみ》の前《まえ》で両手《りょうて》を上《あ》げ、奇妙《きみょう》な三姉妹《しまい》から教《おし》えてもらった呪文《じゅもん》を唱《とな》えました。するとさっそく、

「お呼《よ》びでございますか？　王妃《おうひ》さま。いや、女王陛下《じょおうへいか》。」

鏡《かがみ》のなかに例《れい》のおぞましい顔《かお》が現《あらわ》れたのです。

グリムヒルデは、せいいっぱいの威厳《いげん》を装《よそお》い、奴隷《どれい》にたずねました。

「では、聞《き》こう、奴隷《どれい》よ。この国《くに》で一番美《いちばんうつく》しいのは誰《だれ》？」

亡《な》き父《ちち》は、幼《おさな》いグリムヒルデを憎《にく》み、不器量《ぶきりょう》だと言《い》いつづけました。

けれども今《いま》では、娘《むすめ》のあわれな奴隷《どれい》。しかも真実《しんじつ》しか言《い》えない奴隷《どれい》なのです。

その父《ちち》に、

「おまえは美《うつく》しい。この国《くに》で一番《いちばん》の美人《びじん》だ。」

と言《い》わせたら、どれほど胸《むね》がすくことでしょう。

「この国《くに》で一番《いちばん》の美人《びじん》？　それはもちろん、あなたさまですよ。」

奴隷《どれい》はしぶしぶ答《こた》えました。そして、グリムヒルデが、

「ほんとうだろうね？」

と問《と》い詰《つ》めると、ふてくされたように、こう言《い》ったのです。

「ええ、もちろんです、女王陛下《じょおうへいか》。前《まえ》にも申《もう》しましたよ。わたしはこの国《くに》のことなら何《なん》でも見通《みとお》せます。先日《せんじつ》、あなたにお喜《よろこ》びごとがあると申《もう》したのも、ほんとうだったでしょう？　しかも、わたしはうそをつきません。いや、つけないのですよ。」

　そして、

「ほかにご用《よう》がなければ、今夜《こんや》はこのへんで――。」

と、さっさと鏡《かがみ》の奥《おく》に消《き》えてしまいました。

グリムヒルデはため息《いき》をつき、あんないやらしい奴隷《どれい》を二度《にど》と呼《よ》び出《だ》すものかと思《おも》いました。それでも翌日《よくじつ》から毎日《まいにち》のように、鏡《かがみ》に問《と》いかけずにはいられなくなったのです。鏡《かがみ》は女王《じょおう》から問《と》われるたびに、

「ええ、この国《くに》で一番《いちばん》の美人《びじん》はあなたさまですよ。」と答《こた》えました。ところがあるとき、勝《か》ち誇《ほこ》ったように、言《い》ったのです。

「女王陛下《じょおうへいか》。あなた以上《いじょう》の美人《びじん》を見《み》つけましたよ。」

グリムヒルデは、鏡《かがみ》をにらみつけました。

「誰《だれ》？　いったいそれは誰《だれ》なの！　言《い》いなさい！　奴隷《どれい》よ。」

奴隷《どれい》はにやにや笑《わら》うと言《い》いました。

「当《あ》ててごらんになりますか？　女王《じょおう》さま。そうだ、ヒントをあげましょう。それは、幼《おさな》いころからたっぷり愛情《あいじょう》を受《う》けて育《そだ》った、美《うつく》しいおとめ。あなたの侍女《じじょ》。」

「侍女《じじょ》？」

グリムヒルデは険《けわ》しい声《こえ》で聞《き》き返《かえ》しました。

「そうですよ、女王《じょおう》さま。あなたはまことにお美《うつく》しい。けれどもそれは苦悩《くのう》が作《つく》り上《あ》げた暗《くら》い美《び》。ベローナのむくで光《ひかり》のような美《うつく》しさには、やはり少《すこ》しだけ負《ま》けますな。」

鏡《かがみ》が言《い》うと、女王《じょおう》グリムヒルデは目《め》をつりあげて言《い》い返《かえ》しました。

「おまえのせいだ！　おまえがわたしを不器量《ぶきりょう》だとののしりつづけ、一片《いっぺん》の愛情《あいじょう》も注《そそ》いでくれなかったからだ！」

「なるほど……。」

奴隷《どれい》はそれだけ言《い》うと、鏡《かがみ》の奥底《おくそこ》に姿《すがた》を消《け》しました。

入《い》れちがいに、白雪姫《しらゆきひめ》の手《て》を引《ひ》いたベローナが、元気《げんき》に入《はい》ってきました。

「失礼《しつれい》いたします、女王《じょおう》さま。もうすぐ本日《ほんじつ》の、夜《よる》の部《ぶ》のお祝《いわ》いが始《はじ》まりますので。」

「ええ、そうね――ベローナ。」

グリムヒルデは、自分《じぶん》でもびっくりするほど冷《つめ》たい声《こえ》で答《こた》えました。

嫉妬《しっと》とは、何《なん》と恐《おそ》ろしいものでしょう。妹《いもうと》のように思《おも》ってきた侍女《じじょ》に、今《いま》は憎《にく》しみしか感《かん》じないのです。グリムヒルデは気《き》を取《と》り直《なお》すと、白雪姫《しらゆきひめ》を見《み》つめ、

「しばらくぶりねえ、小鳥《ことり》ちゃん。きょうもとってもおきれいよ。」

と、やさしく話《はな》しかけました。

「ありがとう、おかあしゃまも、おきれいよ。ベローナも、とっても。」

「ええ、ほんとうに。さ、まいりましょ。」

グリムヒルデはぞっとするような冷《つめ》たい声《こえ》で言《い》うと、先《さき》に歩《ある》きだしました。

次《つぎ》の週《しゅう》、ベローナは女王《じょおう》の命令《めいれい》で遠《とお》い外国《がいこく》の宮廷《きゅうてい》へ大使《たいし》となって旅立《たびだ》ちました。

ベローナが出発《しゅっぱつ》した晩《ばん》、グリムヒルデは鏡《かがみ》に向《む》かって聞《き》きました。

「この国《くに》で一番《いちばん》の美人《びじん》は誰《だれ》?」

「もちろん、あなたさまですよ。やっかいなベローナは去《さ》りました。」

「でも、このむなしさは何《なに》?」

「さあ、何《なん》でしょうね? ご自分《じぶん》に聞《き》いてみたらいかがです?」

奴隷《どれい》は、ふんと鼻先《はなさき》で笑《わら》うと消《き》えました。

14

白雪姫《しらゆきひめ》の恋《こい》

ベローナを外国《がいこく》に追《お》い払《はら》ってからも、グリムヒルデは毎日《まいにち》、魔法《まほう》の鏡《かがみ》に問《と》わずにはいられませんでした。

「奴隷《どれい》よ、この国《くに》で一番美《いちばんうつく》しいのは誰《だれ》？」

奴隷《どれい》は決《き》まって、

「この国《くに》で一番美《いちばんうつく》しいのは、あなたさまですよ、女王陛下《じょおうへいか》。」

と答《こた》えます。グリムヒルデが少《すこ》し安心《あんしん》したころ、伝令《でんれい》が奇妙《きみょう》な三姉妹《しまい》からの手紙《てがみ》を運《はこ》んできました。

〝地下室《ちかしつ》の――贈《おく》り物《もの》――使《つか》ってみた？〟

手紙《てがみ》には、そう書《か》かれています。

そういえば三姉妹《しまい》は、この前《まえ》お城《しろ》を訪《おとず》れたとき、地下室《ちかしつ》に〈おみやげ〉を置《お》いていくと言《い》ったはず。

(ずいぶん前《まえ》になるけれど――いったい何《なに》を置《お》いていったのかしら?)

首《くび》をかしげながら地下室《ちかしつ》におりたグリムヒルデは、入《い》り口《ぐち》のすぐそばに、古《ふる》い大《おお》きなトランクがひとつ、ぽつんと置《お》かれているのに気《き》づきました。

トランクのふたを開《あ》けると、まず目《め》に入《はい》ったのは、何冊《なんさつ》もの魔術《まじゅつ》の本《ほん》です。

「『呪文《じゅもん》のかけ方《かた》と解《と》き方《かた》』? 『毒薬《どくやく》の作《つく》り方《かた》』? そして……?」

本《ほん》の横《よこ》には、ミイラの粉末《ふんまつ》や、ヒキガエルの目玉《めだま》、眠《ねむ》りを誘《さそ》う木《き》の皮《かわ》などを入《い》れた瓶《びん》、何本《なんぼん》ものビーカーと、すりばち、すりこぎ、そして、鉄《てつ》の大《おお》なべまでありました。

グリムヒルデは、たちまち興味《きょうみ》をかきたてられ、女王《じょおう》としての務《つと》めもそこそこに、毎日《まいにち》、地下室《ちかしつ》に通《かよ》うようになりました。そして熱心《ねっしん》に魔術《まじゅつ》の本《ほん》を読《よ》み、失敗《しっぱい》を繰《く》り返《かえ》しながらも、少《すこ》しずつ魔法《まほう》を使《つか》えるようになったのです。

こうして一年経《ねんた》ち、二年《ねん》が経《た》ち——。

グリムヒルデは自分《じぶん》でも気《き》がつかぬまに、心《こころ》を固《かた》く閉《と》ざした、冷《つめ》たい人間《にんげん》になっていきました。

「わたしの心《こころ》は、割《わ》れて粉々《こなごな》になった鏡《かがみ》。動《うご》かすとちゃらちゃら、いやな音《おと》がする。」

ある日《ひ》、地下室《ちかしつ》でビーカーをいじりながら、グリムヒルデは、つぶやきました。

王《おう》が亡《な》くなったと知《し》らされたあの日《ひ》、グリムヒルデは二度《にど》と立《た》ち上《あ》がれないほどの衝撃《しょうげき》と悲《かな》しみに襲《おそ》われました。できるものなら、あの日《ひ》のことはすべて忘《わす》れてしまいたいと思《おも》いました。けれども、それはできません。そんなことをしたら最愛《さいあい》の夫《おっと》を、自分《じぶん》の人生《じんせい》から消《け》し去《さ》ることになるからです。

グリムヒルデは、その代《か》わり、もう二度《にど》と人《ひと》を愛《あい》さないことに決《き》めました。

（誰《だれ》かを愛《あい》して、あんなつらい思《おも》いをするのは、もうこりごり。人《ひと》と深《ふか》く関《かか》わりたくもない。人《ひと》はいなくなる。人《ひと》は裏切《うらぎ》る。結局《けっきょく》は絶望《ぜつぼう》を味《あじ》わうだけ……。）

ミイラの粉《こな》が入《はい》った小瓶《こびん》のなかをぐりぐりかき回《まわ》すと、ため息《いき》をつきました。すると、こわれた鏡《かがみ》のようなグリムヒルデの心《こころ》に、幼《おさな》い白雪姫《しらゆきひめ》の顔《かお》がちらちらと映《うつ》りました。小鳥《ことり》のように可愛《かわい》い四歳《さい》のころの娘《むすめ》の顔《かお》が。

（あれからもう十数年《じゅうすうねん》。わたしが女王《じょおう》となってからは、ほとんど顔《かお》を合《あ》わせていないけれど、いったい、どんな娘《むすめ》に育《そだ》っているだろう。亡《な》き王《おう》さまにそっくりなら——それは美《うつく》しい娘《むすめ》に育《そだ》っているはず。一度《いちど》よく見《み》ておかねば……。）

グリムヒルデは小瓶《こびん》のふたを急《いそ》いで閉《し》めると、足早《あしばや》に地下室《ちかしつ》を出《で》ていきました。

グリムヒルデにとって、夫亡《おっとな》きあとのゆいいつの頼《たよ》りは、自分《じぶん》の美貌《びぼう》でした。美貌《びぼう》は孤独《こどく》な心《こころ》のなぐさめとなり、支《ささ》えにも、武器《ぶき》にもなりました。美《うつく》しい女王《じょおう》は、民《たみ》の憧《あこが》れの的《まと》。その言葉《ことば》には、誰《だれ》もが従《したが》うからです。

そのいっぽうで、美貌《びぼう》は孤独《こどく》な女王《じょおう》の悩《なや》みの種《たね》ともなったのです。

（もし、わたしより美《うつく》しい女《おんな》が現《あらわ》れたら？　その女《おんな》がこの国《くに》をのっとろうとしたら？）

グリムヒルデは毎日《まいにち》、鏡《かがみ》のなかの奴隷《どれい》を呼《よ》び出《だ》しては、

「この国《くに》で一番《いちばん》の美人《びじん》は、誰《だれ》？」

と問《と》いました。そして、

「それはあなたさまですよ、女王陛下《じょおうへいか》。」

と、奴隷《どれい》が答《こた》えるまでは、生《い》きた心地《ここち》もしないのです。

やがてグリムヒルデは、すぐにいらだち、誰《だれ》かれとなく当《あ》たり散《ち》らして、まわりの者《もの》を恐《おそ》れさせるようになりました。今《いま》や民《たみ》の憧《あこが》れの美《うつく》しい女王《じょおう》は、誰《だれ》もが恐《おそ》れる独裁《どくさい》者《しゃ》と成《な》り果《は》てました。

地下室《ちかしつ》から自室《じしつ》にもどったグリムヒルデは、白雪姫《しらゆきひめ》の侍女《じじょ》を呼《よ》びつけ、本日《ほんじつ》の晩餐《ばんさん》をともにするようにと、白雪姫《しらゆきひめ》に伝《つた》えさせました。

「はい、うけたまわりましてございます、女王陛下《じょおうへいか》。」

侍女《じじょ》がびくびくしながら下《さ》がると、カーテンを開《あ》け、お城《しろ》の中庭《なかにわ》を見渡《みわた》しました。

井戸《いど》の端《はし》に、黒髪《くろかみ》の、はっとするほどきれいな娘《むすめ》が腰《こし》かけています。

(あれが白雪姫《しらゆきひめ》? しかもどこかの若者《わかもの》と楽《たの》しげに話《はな》しこんでいる!)

グリムヒルデはカーテンをぴしゃりと閉《し》めると、鏡《かがみ》に向《む》かいました。

「魔法《まほう》の鏡《かがみ》よ、この国《くに》で一番美《いちばんうつく》しいのは誰《だれ》?」

「あなたですよ、女王陛下《じょおうへいか》。この国《くに》で一番《いちばん》の美人《びじん》はもちろん、あなたさま。」

女王《じょおう》グリムヒルデはにんまりほほえみ、次《つぎ》の瞬間《しゅんかん》、くちびるを引《ひ》き結《むす》びました。

(油断《ゆだん》は禁物《きんもつ》。あの娘《むすめ》は強敵《きょうてき》になりそうだ。)


やがて夜《よる》のとばりがおり、晩餐《ばんさん》の時刻《じこく》となりました。

グリムヒルデは足音《あしおと》も荒《あら》く、豪華《ごうか》な大広間《おおひろま》へ歩《ある》いていきました。

白雪姫《しらゆきひめ》はすでに、テーブルに着《つ》き、

「ああ、お母《かあ》さま。ほんとうに、お久《ひさ》しぶりでございます!」

と、うれしそうにあいさつをしました。

グリムヒルデは、白雪姫《しらゆきひめ》の美《うつく》しさに打《う》たれました。

（まあ、なんときれいになったことか！　雪《ゆき》のように白《しろ》い肌《はだ》。美《うつく》しい黒髪《くろかみ》。色《いろ》こそちがうが、目《め》は王《おう》さまにそっくり！　でも、王《おう》さまはもういらっしゃらない……。）

白雪姫《しらゆきひめ》は、継母《ままはは》の暗《くら》い視線《しせん》をとらえると、

「お母《かあ》さまは、少《すこ》しお疲《つか》れのようでございますね。何《なに》かわたくしで、お手伝《てつだ》いができましたら——。」

と言《い》いました。グリムヒルデは白雪姫《しらゆきひめ》の言葉《ことば》を途中《とちゅう》でさえぎり、

「もうよろしい。で、そなたはいくつになった？」

姫《ひめ》の顔《かお》をじろじろながめました。

「はい、お母《かあ》さま。来月《らいげつ》で十五歳《さい》でございます。」

「なるほど、十五歳《さい》にもなって、縁談《えんだん》ひとつこない！　ならば、この先《さき》も結婚《けっこん》は望《のぞ》めそうもない。そんな娘《むすめ》を、ただで一生《いっしょう》、養《やしな》っていくわけにはいきませんよ。今《いま》からしっかり働《はたら》いてもらわねば。」

「はい、ではお母《かあ》さま、わたくしには、どのような仕事《しごと》をいただけますか？」

白雪姫《しらゆきひめ》は目《め》を輝《かがや》かせます。グリムヒルデは、ここぞとばかりに言《い》いました。

「まずは雑用《ざつよう》を。先《さき》ほど、そなたの侍女《じじょ》に言《い》いつけて、作業着《さぎょうぎ》を用意《ようい》させました。侍《じ》女《じょ》を見習《みなら》って、さまざまな雑用《ざつよう》をするのです。」

「はい、お母《かあ》さま。実《じつ》は、わたくし、体《からだ》を動《うご》かすのが大好《だいす》きですの。いつも侍女《じじょ》を手《て》伝《つだ》っておりますのよ。」

白雪姫《しらゆきひめ》はむじゃきに言《い》いました。グリムヒルデは目《め》をむいて、言《い》い返《かえ》しました。

「まあ！　そんなきれいなドレスを着《き》て侍女《じじょ》を手伝《てつだ》っている⁉　着替《きが》えなさい！　ついでに今夜《こんや》の食事《しょくじ》も、調理場《ちょうりば》でとるように。侍女《じじょ》といっしょに。」

「かしこまりました――お母《かあ》さま。」

白雪姫《しらゆきひめ》は目《め》を丸《まる》くして立《た》ち上《あ》がると、大広間《おおひろま》から出《で》ていきました。

グリムヒルデは、ひとりで豪華《ごうか》な食事《しょくじ》をすると、さっさと自室《じしつ》へ引《ひ》き上《あ》げました。

翌日《よくじつ》の午後《ごご》、グリムヒルデはまた、地下室《ちかしつ》に向《む》かいました。地下室《ちかしつ》への扉《とびら》がある壁《かべ》には、花咲《はなさ》くりんごの木《き》と黒《くろ》い鳥《とり》たちが刺繍《ししゅう》された、大《おお》きな壁掛《かべか》けがかかっています。

グリムヒルデはそれを見《み》るたびに、むかし、幼《おさな》い白雪姫《しらゆきひめ》に語《かた》って聞《き》かせたおとぎ話《ばなし》を思《おも》い出《だ》しました。それはドラゴンに変身《へんしん》できる魔女《まじょ》の物語《ものがたり》。誰《だれ》ともつき合《あ》おうとしない孤独《こどく》な魔女《まじょ》は、なんだか今《いま》の自分《じぶん》に似《に》ているような気《き》がします。

グリムヒルデは、壁掛《かべか》けにちらりと目《め》をやると、地下室《ちかしつ》への扉《とびら》を開《あ》けました。

そして、手《て》で石壁《いしかべ》にふれながら、階段《かいだん》をおりはじめました。冷《つめ》たく硬《かた》い、石壁《いしかべ》の感触《かんしょく》は、グリムヒルデのお気《き》に入《い》りなのです。窓《まど》を開《あ》け少《すこ》し空気《くうき》を入《い》れると、黒《くろ》い大《おお》きなカラスが窓辺《まどべ》にとまっているのが見《み》えました。

一羽《わ》のカラスが、待《ま》っていたように窓《まど》からとびこんでくると、黄色《きいろ》い目《め》でグリムヒルデを見《み》つめました。グリムヒルデはカラスの頭《あたま》をなでてやりました。なぜかこのカラスを、気《き》に入《い》っているのです。カラスはカアと満足《まんぞく》そうな鳴《な》き声《ごえ》を上《あ》げました。

そのとき、地上《ちじょう》から声《こえ》が聞《き》こえてきたのです。

「あの——女王陛下《じょおうへいか》。そこにおいでてでしょうか？　大変《たいへん》なことが！」

「ええ、いるわよ。今上《いまあ》がります。」

グリムヒルデは不機嫌《ふきげん》な声《こえ》で応《おう》じ、急《いそ》いで階段《かいだん》を上《あ》がりました。

「何《なに》ごとです？」

「あ、あの、あの——。」

侍女《じじょ》は口《くち》ごもるばかりで何《なに》も言《い》えません。

「はっきり言《い》いなさい！」

「白雪姫《しらゆきひめ》さまが、井戸《いど》から……井戸《いど》から、足《あし》をふみはずされまして！」

「なんということを！」

グリムヒルデは、侍女《じじょ》をそこに置《お》いたまま、中庭《なかにわ》に突進《とっしん》しました。井戸《いど》の前《まえ》の地面《じめん》には白雪姫《しらゆきひめ》が、びしょぬれで横《よこ》たわっています。昨日《きのう》、井戸端《いどばた》にいた若者《わかもの》が、その上《うえ》にかがみこみ、せっせと胸《むね》を押《お》していました。

（ああ！　どうしよう！　死《し》んでしまう！　わたしの——可愛《かわい》い——小鳥《ことり》が。）

グリムヒルデがくずおれそうになったとき、姫《ひめ》が激《はげ》しくせきこみ、ひゅうと水《みず》を吹《ふ》きました。次《つぎ》の瞬間《しゅんかん》、姫《ひめ》はまばたきし、目《め》をぱっちりと開《あ》けました。

「天《てん》よ！　感謝《かんしゃ》いたします。」

グリムヒルデは急《いそ》いでつぶやき、姫《ひめ》の横《よこ》にひざまずこうとしました。けれども、姫《ひめ》の胸《むね》を押《お》していた若者《わかもの》がじゃまで、近《ちか》づけません。

「もうだいじょうぶだよ、安心《あんしん》して。」

若者《わかもの》は白雪姫《しらゆきひめ》の上《うえ》にかがみこんだまま、ささやきました。白雪姫《しらゆきひめ》は、亡《な》き父《ちち》とそっくりの目《め》で、うっとりと若者《わかもの》を見上《みあ》げ、

「ありがとうございます――ほんとうに。」

と、弱々《よわよわ》しくささやき返《かえ》します。グリムヒルデは、いらいらとふたりに近《ちか》づき、

「ありがとうございます。あとはこちらでいたしますから。」

固《かた》い口調《くちょう》で若者《わかもの》に言《い》い渡《わた》すと、ぐったり横《よこ》たわる白雪姫《しらゆきひめ》を引《ひ》き起《お》こし、お城《しろ》のなかへもどりました。

15 さらば鏡《かがみ》

白雪姫《しらゆきひめ》を助《たす》けた若者《わかもの》は、隣国《りんごく》の王子《おうじ》だとわかりました。

王子《おうじ》はそれから毎日《まいにち》、白雪姫《しらゆきひめ》を見舞《みま》いにやってくると、数週間目《すうしゅうかんめ》のある日《ひ》、ついに女王《じょおう》に面会《めんかい》を求《もと》めました。

「おや、王子《おうじ》。何《なに》かお話《はなし》が？」

女王《じょおう》グリムヒルデは、わざとらしくたずねました。

「女王《じょおう》さま、わたくしは姫君《ひめぎみ》を――白雪姫《しらゆきひめ》さまを――。」

グリムヒルデは、ふんと笑《わら》うと、

「あの子《こ》にだまされてはいけませんよ、王子《おうじ》。あんな可愛《かわい》らしい顔《かお》をしていますが、

実《じつ》は大変《たいへん》に性格《せいかく》が悪《わる》く、求婚《きゅうこん》する王子《おうじ》たちの気持《きも》ちをもてあそぶのが好《す》きなのです。」

「まさか！」

「ほんとうですわ。母親《ははおや》のわたくしが申《もう》すのですから。さあ、あきらめてお帰《かえ》りあそばせ。」

王子《おうじ》がうなだれて引《ひ》き下《さ》がるとすぐ、グリムヒルデは自室《じしつ》に白雪姫《しらゆきひめ》を呼《よ》び、

「そなたを井戸《いど》から救《すく》い上《あ》げたあの王子《おうじ》が、先《さき》ほど苦情《くじょう》を申《もう》しにいらっしゃいました。そなたが思《おも》いちがいをしているとね。井戸《いど》に落《お》ちたのを助《たす》けたのは、そなたに特《とく》別《べつ》な気持《きも》ちを持《も》っているからではない。これ以上《いじょう》、まとわりつかないでほしいと。わたしはもう、恥《は》ずかしくて！」

と、大《おお》げさにいやな顔《かお》をしてみせました。

「あのかたが、ほんとうにそうおっしゃったのでございますか？」

白雪姫《しらゆきひめ》は驚《おどろ》いて聞《き》きました。グリムヒルデはテーブルをどんとたたき、

「そなたは母親《ははおや》に、いえ〝女王《じょおう》〟に口《くち》ごたえをするのか！　もう下《さ》がってよい！」

目《め》をつりあげて、怒鳴《どな》ったのです。

そして、しょんぼり部屋《へや》を出《で》ていく姫《ひめ》の背中《せなか》を見送《みおく》りながら、

「これでいい。これがそなたのため。人《ひと》を愛《あい》せば、必《かなら》ず傷《きず》つくのだから。」

と、つぶやきました。たちまち、もうひとりの自分《じぶん》がささやきました。

(そうかしら? 女王陛下《じょおうへいか》。これは嫉妬《しっと》では? 白雪姫《しらゆきひめ》は若《わか》く美《うつく》しく、愛《あい》する人《ひと》を得《え》た。でもおまえには誰《だれ》もいない。おまえの王《おう》さまは死《し》んでしまった……。)

グリムヒルデは近《ちか》くにあったグラスをつかむと、壁《かべ》にたたきつけました。グラスは粉々《こなごな》に割《わ》れ、ゆかにとび散《ち》ります。

(こんなわたしをごらんになったら、あの世《よ》の王《おう》さまは、なんとお思《おも》いになるだろう。)

グリムヒルデはベッドにつっぷし、声《こえ》を殺《ころ》して、泣《な》きだしました。

やがて泣《な》きはらした目《め》で鏡《かがみ》のほうに歩《ある》いていき、

「奴隷《どれい》よ。この国《くに》で一番美《いちばんうつく》しいのは誰《だれ》!」

と問《と》い詰《つ》めました。

「もちろん、あなたさまですよ、女王陛下《じょおうへいか》。」

けれども、グリムヒルデには、鏡《かがみ》に映《うつ》る自分《じぶん》が、どこか別人《べつじん》のように見《み》えたのです。

（顔形《かおかたち》は変《か》わっていない。ではいったい、どこが変《か》わった？）

もう一度《いちど》、鏡《かがみ》を見《み》つめたグリムヒルデは、はっと気《き》づきました。

（目《め》だ！　この冷《つめ》たい目《め》つき……。）

そして奴隷《どれい》に聞《き》きました。

「わたくしの顔《かお》で、どこか変《か》わったところはないか？」

「ありますとも、女王《じょおう》さま！」

奴隷《どれい》はめずらしく真顔《まがお》で答《こた》えました。

「どこが？　どんな風《ふう》に！　答《こた》えよ。」

グリムヒルデは、きびしく命《めい》じました。

「美《うつく》しいお顔《かお》に、女王《じょおう》の威厳《いげん》が加《くわ》わりましたな。」

奴隷《どれい》は言《い》いました。

「冷酷《れいこく》さは——どうだ？」

グリムヒルデは、恐《おそ》る恐《おそ》るたずねました。奴隷《どれい》は即座《そくざ》に答《こた》えました。

「もちろんです。一国《いっこく》の女王《じょおう》に人《ひと》の心《こころ》は無用《むよう》。」

「では女王《じょおう》には、愛《あい》することも、悲《かな》しむことも許《ゆる》されぬと言《い》うのか！」

「おおせのとおり。」

奴隷《どれい》はにやりと笑《わら》い、鏡《かがみ》の奥深《おくふか》くへ姿《すがた》を消《け》しました。

絶望《ぜつぼう》したグリムヒルデは、その日《ひ》から、白雪姫《しらゆきひめ》にますますつらくあたるようになりました。年《とし》ごろの姫《ひめ》に、つぎはぎだらけの服《ふく》を着《き》せ、朝昼《あさひる》の水《みず》くみから、井戸《いど》のまわりの掃除《そうじ》、銀器《ぎんき》みがき——。侍女《じじょ》を通《つう》じて、休《やす》むひまもなく用《よう》を言《い》いつけます。ついには、お城中《しろじゅう》の暖炉《だんろ》の掃除《そうじ》までさせるようになりました。

けれども白雪姫《しらゆきひめ》はそのたびに、

「うけたまわりましたわ！」

と元気《げんき》に答《こた》えると、山《やま》のような仕事《しごと》をてきぱき、楽《たの》しそうにこなしていきます。

（なんと、しぶとい娘《むすめ》！）

グリムヒルデはくやしがり、ますます不機嫌《ふきげん》になっていきました。


そんなある日《ひ》。

「あの――あの――女王陛下《じょおうへいか》。お客《きゃく》さまのご一行《いっこう》が、ご到着《とうちゃく》になりました。」

侍女《じじょ》がびくびくしながら、告《つ》げました。

「客《きゃく》の予定《よてい》などない！　わたくしは会《あ》わぬと伝《つた》えなさい。」

グリムヒルデが、侍女《じじょ》を怒鳴《どな》りつけたとたん、

「お久《ひさ》しゅうございます、王妃《おうひ》さま！　いえ、女王陛下《じょおうへいか》。」

扉《とびら》の向《む》こうから、なつかしい、すずやかな声《こえ》が聞《き》こえました。

「ベローナ？　ベローナ！　なんと、久《ひさ》しいこと！」

グリムヒルデは、とびこんできたベローナを、固《かた》く抱《だ》きしめました。

結婚当時《けっこんとうじ》から、妹《いもうと》のように愛《あい》し、頼《たよ》りにしたベローナ。十数年前《じゅうすうねんまえ》、自分《じぶん》の都合《つごう》で外国《がいこく》に追《お》いやったことを、グリムヒルデは内心《ないしん》、後悔《こうかい》しつづけてきました。

そのベローナが、とつぜん、目《め》の前《まえ》に現《あらわ》れたのです。

孤独《こどく》な女王《じょおう》の閉《と》ざされた心《こころ》に一瞬《いっしゅん》、光《ひかり》がさしこみました。

「女王陛下《じょおうへいか》、本日《ほんじつ》はご報告《ほうこく》がありまして、帰国《きこく》いたしました。」

すばらしい貴婦人《きふじん》となったベローナは、にこにことグリムヒルデを見《み》つめました。

グリムヒルデは眉《まゆ》を上《あ》げました。

「報告《ほうこく》？　どんな？」

するとベローナは、

「女王陛下《じょおうへいか》、わたくし、結婚《けっこん》いたしました！」

華《はな》やかにほほえんだのです。グリムヒルデは、優雅《ゆうが》に目《め》を見張《みは》り、

「それはめでたい。で、お相手《あいて》は？　ぜひいろいろ、聞《き》かせておくれ。」

と言《い》いました。二度《にど》と人《ひと》は愛《あい》さないと決《き》めたものの、心《こころ》の奥底《おくそこ》に、言《い》いようのない寂《さび》しさとひそかな嫉妬《しっと》が広《ひろ》がるのを、おさえることができなかったのです。

(白雪姫《しらゆきひめ》の次《つぎ》はベローナが、愛《いと》しい人《ひと》を見《み》つけた。でも、わたしには誰《だれ》もいない……。)

「では晩餐《ばんさん》のときに。」

グリムヒルデはできるだけやさしい声《こえ》を作《つく》って、ベローナを部屋《へや》に引《ひ》きとらせました。それから料理長《りょうりちょう》を呼《よ》んで、自分《じぶん》とベローナのために特別《とくべつ》こった晩餐《ばんさん》を用意《ようい》するように命《めい》じると、鏡《かがみ》に向《む》かって念入《ねんい》りに化粧《けしょう》を始《はじ》めました。

(ベローナは一段《いちだん》と美《うつく》しくなった。負《ま》けるわけにはいかないわ。)

晩餐《ばんさん》の席《せき》に着《つ》くなり、ベローナは言《い》いました。

「ありがとうございます、女王陛下《じょおうへいか》。わたくしが結婚《けっこん》できましたのは、すべて女王陛《じょおうへい》下《か》のおかげでございます。」

「わたくしは何《なに》も……。」

「ほんとうでございます、女王陛下《じょおうへいか》。夫《おっと》はおつとめ先《さき》の国《くに》の貴族《きぞく》でございます。女王《じょおう》陛下《へいか》のおかげで知《し》り合《あ》い、愛《あい》し合《あ》うようになり、結婚《けっこん》できました。」

グリムヒルデはふいに眉《まゆ》をひそめ、

「ベローナ。そなたは、ご夫君《ふくん》を愛《あい》しているのでしょうね？」

たしかめるように聞《き》きました。

「もちろんでございますわ、女王陛下《じょおうへいか》。なぜ、そのようなことをおたずねに？」

グリムヒルデは重々《おもおも》しく言《い》いました。

「愛《あい》には悲《かな》しみがつきもの。あなたのご夫君《ふくん》は今《いま》、戦地《せんち》にいるそうですね。ならば、いずれは死《し》ぬと覚悟《かくご》をしておきなさい——戦死《せんし》をすると。」

「いやでございますわ！　なぜ、そのようなことを、おっしゃいます。」

「それが人生《じんせい》というものだからよ、ベローナ。人《ひと》は皆《みな》、いつか愛《あい》する者《もの》を失《うしな》い、悲嘆《ひたん》にくれるのが定《さだ》め。わたくしは、そのときのあなたの悲嘆《ひたん》をできるだけ少《すく》なくしてあげたいの。王《おう》さまはあまりにもとつぜん、この世《よ》を去《さ》られました。心《こころ》の準備《じゅんび》ができていなかったわたくしは、今《いま》にいたるまで、悲嘆《ひたん》から立《た》ち直《なお》れないのです。」

ベローナの目《め》に悲《かな》しみが溢《あふ》れました。

「あの日《ひ》のことはよく覚《おぼ》えておりますし、ご心配《しんぱい》はありがたく存《ぞん》じます。でも夫《おっと》が死《し》ぬなどと、想像《そうぞう》したくもありません。わたくしは今《いま》の幸《しあわ》せを楽《たの》しみたいのでございます。」

「まあ、そう。」

グリムヒルデはつんと横《よこ》を向《む》きました。ベローナはため息《いき》をつきました。

「女王陛下《じょおうへいか》はお変《か》わりになりました。ますます、お美《うつく》しくおなりですが、以前《いぜん》のあなたさまとは別人《べつじん》のようでございます。失礼《しつれい》ながら——お寂《さび》しいのでございましょう？」

そして、思《おも》い切《き》ったように続《つづ》けました。

「かの国《くに》にいるあいだにわたくしは、白雪姫《しらゆきひめ》さまから何度《なんど》もお手紙《てがみ》をいただきました。姫《ひめ》さまはあなたさまを、それはご心配《しんぱい》なさっておられます。ですのに、女王陛《じょおうへい》下《か》。あなたさまはなぜ、姫《ひめ》さまのやさしいお心《こころ》をしりぞけようとなさいます。おふたりで手《て》をとり合《あ》えば、きっと未来《みらい》も明《あか》るくなりましょうに。」

「そんなことは、わかっています！」

「ならばなぜ――なぜ、なかなか、白雪姫《しらゆきひめ》さまとお会《あ》いになろうとしないのです。」

「そなたはあつかましくも、わたくしが長年《ながねん》、わが娘《むすめ》を放《ほう》っておいたと申《もう》すのか？」

思《おも》わず立《た》ち上《あ》がった女王《じょおう》に、ベローナは必死《ひっし》でうったえました。

「お許《ゆる》しくださいませ、女王陛下《じょおうへいか》。けれども姫《ひめ》さまも十五歳《さい》。やがては嫁《とつ》いで、このお城《しろ》を出《で》ていらっしゃることでしょう。その日《ひ》まで、母上《ははうえ》のご愛情《あいじょう》も知《し》らずお過《す》ごしになるのは、あまりにもおかわいそうで――。」

母上《ははうえ》のご愛情《あいじょう》――その一言《ひとこと》が、グリムヒルデの冷《つめ》たい心《こころ》を動《うご》かしました。

「そうね、そなたの言《い》うことにも一理《いちり》ある。もう少《すこ》し、姫《ひめ》と過《す》ごす時間《じかん》を多《おお》くしましょう。では明日《あした》は、二人《にん》で、森《もり》にピクニックに行《い》きましょう。むかしのようにね。」

「ありがたいお言葉《ことば》でございます、女王陛下《じょおうへいか》。ぜひおともを。」

晩餐《ばんさん》が終《お》わり、自室《じしつ》に引《ひ》きとったグリムヒルデは、とつぜん不安《ふあん》になりました。

そして、ふらふらと鏡《かがみ》の前《まえ》に行《い》き、奴隷《どれい》を呼《よ》び出《だ》しました。

「奴隷《どれい》よ、この国《くに》で一番美《いちばんうつく》しいのは誰《だれ》？」

「さてさて――あなたさまですと言《い》いたいところですが、ベローナがいますからな。」

グリムヒルデは窓《まど》のカーテンをはぎとり、鏡《かがみ》にぐるぐると巻《ま》きつけました。

それからお城《しろ》の狩人《かりゅうど》ハントマンを呼《よ》び出《だ》し、命令《めいれい》しました。

「このおぞましい品物《しなもの》を、森《もり》のどこかに埋《う》めておいで。そして、どこに埋《う》めたかは、けっして誰《だれ》にも言《い》ってはならない――このわたくしにも。わかったね？」

「はい、女王陛下《じょおうへいか》。」

ハントマンが答《こた》えると、グリムヒルデは続《つづ》けて言《い》い渡《わた》しました。

「このことは、誰《だれ》にも言《い》ってはいけない。この布《ぬの》に包《つつ》まれた物《もの》が何《なに》かも知《し》ろうとしてはならぬ。裏切《うらぎ》ればすぐにわかるぞ。」

「女王陛下《じょおうへいか》を裏切《うらぎ》るようなことは、けっしていたしません。ご安心《あんしん》を。」

ハントマンは深《ふか》く頭《あたま》を下《さ》げて言《い》いました。

カーテンをはぎとった窓《まど》から、グリムヒルデは、狩人《かりゅうど》ハントマンが、カーテンに包《つつ》まれた魔法《まほう》の鏡《かがみ》を持《も》って、馬車《ばしゃ》に乗《の》りこむのを、じっと見《み》ていました。

グリムヒルデはこうして、愛《あい》する夫《おっと》を亡《な》くして以来《いらい》の心《こころ》の支《ささ》え、そして悩《なや》みの種《たね》でもあった鏡《かがみ》を、ついに手放《てばな》したのです。

16

悪夢《あくむ》

魔法《まほう》の鏡《かがみ》を手放《てばな》したグリムヒルデは、ほっとしました。けれども次《つぎ》の朝《あさ》にはもう、手放《てばな》した鏡《かがみ》のありかが、気《き》になりだしたのです。

（ハントマンは、いったい、森《もり》のどこにあの鏡《かがみ》を埋《う》めたのだろう？）

けれども、ハントマンには、埋《う》めた場所《ばしょ》は女王《じょおう》である自分《じぶん》にも言《い》うなと厳命《げんめい》したのです。今《いま》さら聞《き》くわけにはいきません。

悩《なや》みに悩《なや》んだグリムヒルデはやがて、悪夢《あくむ》にうなされるようになりました。

夢《ゆめ》のなかでグリムヒルデは、暗《くら》い夜《よる》の森《もり》を、鏡《かがみ》を探《さが》し回《まわ》ってさまよいつづけています。

ふと見《み》ると、目《め》の前《まえ》に真新《まあたら》しい土塚《つちづか》が。

（ハントマンは、ここに鏡《かがみ》を埋《う》めたにちがいない！）

素手《すで》で、気《き》が遠《とお》くなるほど掘《ほ》り返《かえ》すと、包《つつ》みの一部《いちぶ》が顔《かお》を出《だ》しました。

（ああ！　見《み》つけた！　……いえ、これはちがう。あれよりずっと小《ちい》さい。）

小《ちい》さな包《つつ》みを掘《ほ》り出《だ》してのひらにのせ、そっと開《あ》けると――。

そこには、どくどくと血《ち》をふきだす、血《ち》まみれの心臓《しんぞう》がひとつ。

グリムヒルデは鋭《するど》い悲鳴《ひめい》を上《あ》げました。すると、

「おかあしゃま？　おかあしゃま、心臓《しんぞう》をかえして。」

目《め》の前《まえ》に、白《しろ》い夜着《よぎ》を着《き》た幼《おさな》い白雪姫《しらゆきひめ》がしゃくりあげながら立《た》っています。夜着《よぎ》の胸《むね》の部分《ぶぶん》を真《ま》っ赤《か》な血《ち》に染《そ》めて……。

別《べつ》の夢《ゆめ》では、真《ま》っ暗《くら》な夜《よる》の森《もり》のなかに、奇妙《きみょう》な三姉妹《しまい》の歌声《うたごえ》が響《ひび》きわたっています。

「♪女王《じょおう》さま！　――魔法《まほう》の鏡《かがみ》は――ここにある――あんたの――奴隷《どれい》は――この下《した》

よ。」

次《つぎ》の瞬間《しゅんかん》、青白《あおじろ》い月光《げっこう》のなかに、三つの白《しろ》い顔《かお》がぽっかり浮《う》かび上《あ》がります。

あまりの恐《おそ》ろしさに、泣《な》きながら目覚《めざ》めると、今《いま》はもう夜明《よあ》け。

ベッドの足元《あしもと》のゆかには、泥《どろ》だらけの布《ぬの》の包《つつ》みがひとつ。見《み》ると、なぜか両手《りょうて》も夜《よ》着《ぎ》も泥《どろ》だらけ。

急《いそ》いで包《つつ》みを開《あ》けると——泥《どろ》だらけの自分《じぶん》が、自分《じぶん》を見返《みかえ》してきます。

「ああ！　帰《かえ》ってきた。わたくしの鏡《かがみ》が。命《いのち》の次《つぎ》にたいせつな鏡《かがみ》が。」

グリムヒルデは鏡《かがみ》を抱《だ》きしめ、さっそく、鏡《かがみ》の奴隷《どれい》を呼《よ》び出《だ》すと聞《き》きました。

「奴隷《どれい》よ、この国《くに》で一番美《いちばんうつく》しいのは——誰《だれ》？」

「女王陛下《じょおうへいか》、あなたは大変《たいへん》お美《うつく》しい。でもそれ以上《いじょう》に美《うつく》しいのはベローナです。」

グリムヒルデはぎりぎり歯《は》ぎしりをし、

「あの女《おんな》を追《お》い返《かえ》そう。そして二度《にど》とこの国《くに》の土《つち》は踏《ふ》ませまい。」

とつぶやきました。

17

決別《けつべつ》

翌朝《よくあさ》、グリムヒルデがベローナと朝《あさ》の間《ま》で朝食《ちょうしょく》をとっていると、ハントマンが白雪《しらゆき》姫《ひめ》をともなって入《はい》ってきました。白雪姫《しらゆきひめ》の顔《かお》はあちこち傷《きず》だらけ。服《ふく》は泥《どろ》だらけです。

「いったい、何《なに》があったの？」

グリムヒルデは思《おも》わず椅子《いす》からとび上《あ》がり、白雪姫《しらゆきひめ》のもとへかけよりました。

「馬《うま》から落《お》ちました。」

姫《ひめ》がうなだれて言《い》うと、ハントマンがそばからつけ加《くわ》えました。

「あれは荒馬《あらうま》で、お乗《の》りになってはいけませんと、申《もう》し上《あ》げておいたのですが。」

「どういうつもりです！　供《とも》もなく、ひとりで荒馬《あらうま》を乗《の》り回《まわ》そうとするなど！」

白雪姫《しらゆきひめ》はうなだれたまま答《こた》えません。

「ははあ、ハントマンの目《め》を盗《ぬす》んで、あの王子《おうじ》に会《あ》おうとした？　このあばずれが！　わたしにたたかれないうちに、さっさと下《さ》がりなさい！」

「お母《かあ》さま。」

けれども、白雪姫《しらゆきひめ》は一歩《いっぽ》も引《ひ》かず、言《い》い返《かえ》しました。

「あのかたに聞《き》きましたわ、お母《かあ》さま。なぜ、わたくしがあのかたを愛《あい》していないなどとおっしゃいましたの？　お母《かあ》さまは、大《おお》うそつきです！　あ！」

白雪姫《しらゆきひめ》のほおに、グリムヒルデの平手打《ひらてう》ちがとびました。

「女王陛下《じょおうへいか》、どうかお気《き》をしずめてくださいませ。」

ベローナが叫《さけ》び、激《はげ》しくすすりあげる白雪姫《しらゆきひめ》の肩《かた》を抱《だ》くと言《い》いました。

「女王陛下《じょおうへいか》、恐《おそ》れながら、わたくしは、あなたさまがわからなくなりました。女王陛下《じょおうへいか》はなぜそのようなお心《こころ》の曲《ま》がったかたになられたのです。むかしのあなたさまは

――わたくしが姉君《あねぎみ》とお慕《した》いしていたあなたさまはどこへいらしたのです？」

「お黙《だま》り、ベローナ。そこまで言《い》うなら、このあばずれ娘《むすめ》を連《つ》れて、すぐに帰《かえ》ってもらっても結構《けっこう》。けれどもこの子《こ》には仕事《しごと》があります。小間使《こまづか》い、いいえ、城《しろ》の下働《したばた》きとしてのいやしい仕事《しごと》が。次《つぎ》の下働《したばた》きが見《み》つかるまで、もう少《すこ》し働《はたら》かせておかないと。」

「女王陛下《じょおうへいか》。それはあまりな！　白雪姫《しらゆきひめ》さまは、あなたさまのお子《こ》ではありませんか！」

おずおずと言《い》うベローナを、グリムヒルデは大声《おおごえ》で怒鳴《どな》りつけました。

「お黙《だま》り！　それ以上言《いじょうい》えば、この城《しろ》から追放《ついほう》する。そなたは、さっさと任地《にんち》にもどるがいい。」

真《ま》っ青《さお》な顔《かお》のベローナを、目《め》をつりあげてにらみつけました。

その晩遅《ばんおそ》く、ベローナの馬車《ばしゃ》がお城《しろ》を出《で》ていくと、グリムヒルデはすばやく自室《じしつ》に引《ひ》きとりました。すぐに奴隷《どれい》を呼《よ》び出《だ》そうとしましたが、朝《あさ》の騒《さわ》ぎで疲《つか》れきっています。

（鏡《かがみ》はわがもとへ帰《かえ》ってきた。もう、逃《に》げはしない。奴隷《どれい》を呼《よ》び出《だ》すのは、明日《あした》の朝《あさ》でもいいではないか。）

そう自分《じぶん》に言《い》い聞《き》かせると、ベッドに横《よこ》たわりました。グリムヒルデはそのまま眠《ねむ》りにつきました。そして翌朝《よくあさ》、身《み》も心《こころ》もすっかり元気《げんき》になると、鏡《かがみ》の前《まえ》に行《い》き、奴隷《どれい》を呼《よ》び出《だ》すと聞《き》きました。

「奴隷《どれい》よ、この国《くに》で一番《いちばん》の美人《びじん》は——誰《だれ》？」

「あなたさまです——女王陛下《じょおうへいか》。」

鏡《かがみ》は答《こた》えました。グリムヒルデは不安《ふあん》になりました。

「声《こえ》に、ためらいが混《ま》じっているようだ。さあ、正直《しょうじき》に言《い》え。」

「そうですか、では女王《じょおう》さま、はっきり申《もう》し上《あ》げましょう。この国《くに》で、今一番《いまいちばん》お美《うつく》しいのはあなたさまです。けれども、お心《こころ》の美《うつく》しさについては、どうですかね？」

奴隷《どれい》はそう言《い》うと、鏡《かがみ》に渦巻《うずま》く、紫色《むらさきいろ》の煙《けむり》のなかに消《き》えました。

18

うなされて

その晩《ばん》、グリムヒルデは、またもや悪夢《あくむ》を見《み》ました。

「おかあしゃま、おかあしゃま！」

幼《おさな》い白雪姫《しらゆきひめ》が母《はは》を、グリムヒルデを求《もと》めて、暗《くら》い森《もり》のなかを走《はし》っています。

すると、どこからか、

「逃《に》がしはせぬぞ！　逃《に》がすものか！」

と、恐《おそ》ろしい声《こえ》が聞《き》こえてきたのです。グリムヒルデはぎょっとしました。

（あれは――あれは、わたしの声《こえ》ではないか！）

次《つぎ》の瞬間《しゅんかん》、悪意《あくい》のかたまりと化《か》した森《もり》がいっせいに姫《ひめ》に襲《おそ》いかかりました。骸骨《がいこつ》の指《ゆび》に似《に》た枝《えだ》が、姫《ひめ》の小《ちい》さな肩《かた》をつかんであおむけに引《ひ》き倒《たお》し、太《ふと》いつるが、へびのように細《ほそ》い首《くび》に巻《ま》きつきます。同時《どうじ》に別《べつ》の枝《えだ》が姫《ひめ》の小《ちい》さな胸《むね》に爪《つめ》をたて、ぐりぐり心臓《しんぞう》をえぐりはじめました。

「おかあしゃまあああ、助《たす》けて！」

幼《おさな》い白雪姫《しらゆきひめ》の悲鳴《ひめい》で、グリムヒルデは我《われ》に返《かえ》りました。

とたんに森《もり》は姫《ひめ》を解放《かいほう》し、姫《ひめ》はあっというまに森《もり》の奥《おく》へ姿《すがた》を消《け》しました。

グリムヒルデは、やっとの思《おも》いでベッドからおり、鏡《かがみ》の前《まえ》で奴隷《どれい》を呼《よ》び出《だ》すと、

「さあ——答《こた》えよ。この国《くに》で——一番美《いちばんうつく》しいのは誰《だれ》だ⁉」

と、問《と》い詰《つ》めます。奴隷《どれい》はにやりと笑《わら》い、

「姿形《すがたかたち》なら、あなたさまが一番《いちばん》。でも心《こころ》の美人《びじん》は窓《まど》の外《そと》に。」

と言《い》いました。グリムヒルデはふらふらと窓辺《まどべ》に寄《よ》り、カーテンを開《あ》けました。

中庭《なかにわ》の井戸《いど》の前《まえ》では、白雪姫《しらゆきひめ》が朝《あさ》もはやくから、せっせと掃除《そうじ》をしています。

（王《おう》さまもあんな風《ふう》でいらした。いつもやさしく、心《こころ》から楽《たの》しげで——。）

グリムヒルデはベッドの上《うえ》に倒《たお》れふし、泣《な》きながらまた眠《ねむ》りこみました。

グリムヒルデがその晩遅《ばんおそ》く目覚《めざ》めると、ベッドのわきに血《ち》だまりが！　そこから部《へ》屋《や》の扉《とびら》まで点々《てんてん》と、血《ち》を踏《ふ》んだ足《あし》あとがついています。グリムヒルデは、こわごわ起《お》き上《あ》がり、松明《たいまつ》を手《て》に足《あし》あとを追《お》いました。足《あし》あとは、お城《しろ》の裏《うら》から森《もり》に続《つづ》いています。あたりは真《ま》っ暗《くら》、森《もり》の木々《きぎ》はすべて、やけただれて真《ま》っ黒《くろ》です。

（これは夢《ゆめ》？　それとも、まぼろし？）

グリムヒルデはつぶやくと、足《あし》あとを追《お》って歩《ある》きつづけます。

すると一本《ぽん》の細《ほそ》い枯《か》れ木《き》の枝先《えださき》に、血《ち》まみれの心臓《しんぞう》がひとつ下《さ》がっていたのです。赤黒《あかぐろ》い血《ち》を流《なが》しつづける、奇妙《きみょう》な果実《かじつ》のように。松明《たいまつ》をかざしてみると、あちこちの枝《えだ》で、てらてらと血《ち》が光《ひか》っています。

グリムヒルデが思《おも》わず身震《みぶる》いしたとき、

「おかあしゃま？」

幼《おさな》い声《こえ》が聞《き》こえ、目《め》の前《まえ》に、白《しろ》い夜着《よぎ》に身《み》を包《つつ》んだ白雪姫《しらゆきひめ》が現《あらわ》れました。

「おかあしゃま、お願《ねが》い。わたしの心臓《しんぞう》を、返《かえ》して。」

青《あお》ざめた顔《かお》で、涙《なみだ》ながらにうったえます。グリムヒルデが悲鳴《ひめい》を上《あ》げたそのとき――、

「女王陛下《じょおうへいか》、お気《き》をたしかに。悪《わる》い夢《ゆめ》をごらんになったのですね！」

侍女《じじょ》が呼《よ》びかける声《こえ》が聞《き》こえました。グリムヒルデは力《ちから》なくつぶやきました。

「白雪姫《しらゆきひめ》が――血《ち》だらけで、ここへ逃《に》げてきた。わたくしの助《たす》けを求《もと》めて！」

侍女《じじょ》は恐《おそ》ろしそうに、グリムヒルデを見《み》つめ、

「白雪姫《しらゆきひめ》さまは中庭《なかにわ》においでです。いつもとお変《か》わりなく――お元気《げんき》でございます。」

と、こわごわ言《い》いました。けれども、グリムヒルデは納得《なっとく》しません。

「いや、ちがう。そこに血《ち》だまりが！　姫《ひめ》の血《ち》が！」

「いいえ、女王陛下《じょおうへいか》が、花瓶《かびん》を落《お》とされたのでございますよ。」

「ちがうと申《もう》すに！　その血《ち》だまりは姫《ひめ》の……。」

「でも女王陛下《じょおうへいか》、ごらんください。そこに破片《はへん》が。それに、おみ足《あし》から血《ち》が――。」

グリムヒルデは、ゆかに散《ち》らばる血《ち》まみれのガラスを、まじまじと見《み》つめ、

「いや、それは、姫《ひめ》の――。昨夜《さくや》――森《もり》からここへ――。」

そのまま眠《ねむ》りこむと、すぐまた悪夢《あくむ》にうなされはじめました。

こんどの夢《ゆめ》には、奴隷《どれい》が出《で》てきました。

「こんばんは、女王陛下《じょおうへいか》。あなたはいつでも、ご自分《じぶん》が一番美人《いちばんびじん》でないと、がまんならない。ならば――白雪姫《しらゆきひめ》を殺《ころ》すしかありませんねえ。」

「姫《ひめ》を殺《ころ》す？　わたしが、わたしの小鳥《ことり》を？　何《なに》を言《い》う！」

グリムヒルデが大声《おおごえ》を上《あ》げたとたん、奴隷《どれい》の口調《くちょう》が一変《いっぺん》しました。

「聞《き》け、わが娘《むすめ》。白雪姫《しらゆきひめ》が生《い》きている限《かぎ》り、おまえのその苦悩《くのう》は消《き》えんぞ。どちらが国一番《くにいちばん》の美人《びじん》か――老《お》いて醜《みにく》い老婆《ろうば》となっても、おまえの苦悩《くのう》は続《つづ》く。これもあの三姉妹《しまい》の呪《のろ》いのせいだ。呪《のろ》いを断《た》ち切《き》りたいなら、姫《ひめ》を殺《ころ》せ――今《いま》すぐに。」

グリムヒルデは、真《ま》っ青《さお》になって、父親《ちちおや》を見《み》つめました。

「よくも平気《へいき》で、そのようなことを。あなたもかつては人《ひと》の親《おや》であったはず。」

「親《おや》？　まあな、娘《むすめ》よ。だがわしは、おまえが生《う》まれたときから憎《にく》くてしかたなかった。妻《つま》を殺《ころ》したおまえを恨《うら》み、おまえが死《し》ねばよかったと、いつも思《おも》っていた！」

グリムヒルデは、ぞっとしました。

（ほんとうはわたしも心《こころ》のなかでは姫《ひめ》を憎《にく》み、死《し》ねばいいと思《おも》ってきたのでは？　父《ちち》がわたしを憎《にく》んできたように。）

鏡《かがみ》のなかの奴隷《どれい》は、グリムヒルデの心《こころ》を読《よ》んだように言《い》いました。

「そうさ、おまえとわしは、血《ち》を分《わ》けた親子《おやこ》だからな。しかも、おまえはあの奇妙《きみょう》な三姉妹《しまい》の魔法《まほう》によって生《う》まれた子《こ》。ある意味《いみ》ではあの三人《にん》の子《こ》とも言《い》える。」

「やめて！　わたしは、誰《だれ》のものでもない！　誰《だれ》の思《おも》いどおりにもなるものか！」

グリムヒルデが叫《さけ》んだとたん、三姉妹《しまい》のけたたましい笑《わら》い声《ごえ》が聞《き》こえてきました。

悪夢《あくむ》のなかでグリムヒルデは、両手《りょうて》で耳《みみ》をふさぎました。すると目《め》の前《まえ》に、むかし幼《おさな》い白雪姫《しらゆきひめ》と手《て》をつないで歩《ある》いた道《みち》が現《あらわ》れたのです。グリムヒルデはひとりでその道《みち》を歩《ある》きはじめました。ところが道《みち》はやがてまた、あの黒焦《くろこ》げの森《もり》に変《か》わったのです。

(この惨状《さんじょう》はすべて、わたしの憎《にく》しみと恐怖《きょうふ》がなしたこと。わたしはだいじな森《もり》を焼《や》きつくし、最後《さいご》は自滅《じめつ》するのだ。ああ、なんとみじめな人生《じんせい》!)

絶望《ぜつぼう》したグリムヒルデがふと見《み》ると、向《む》こうのほうに、つやつやと輝《かがや》く実《み》をひとつだけつけた、りんごの木《き》が一本《ぽん》ありました。

グリムヒルデは黒焦《くろこ》げの枝《えだ》から、真《ま》っ赤《か》な実《み》をもぎ取《と》りました。そのとたん、

「ああ、女王陛下《じょおうへいか》!　お目覚《めざ》めですね?　ずっとうなされておいでで——。」

侍女《じじょ》のほっとした声《こえ》が聞《き》こえました。

「白雪姫《しらゆきひめ》さまが、お部屋《へや》の外《そと》でお待《ま》ちでございます。お母《かあ》さまのお見舞《みま》いをと。」

グリムヒルデは弱々《よわよわ》しくうなずきました。

「そう——入《い》れなさい。」

白雪姫《しらゆきひめ》が部屋《へや》に入《はい》ってきたとたん、グリムヒルデは思《おも》わず目《め》を見張《みは》りました。

（こんなつぎはぎだらけの服《ふく》を着《き》ているのに、なんとまあ、美《うつく》しいこと！）

心《こころ》のなかでため息《いき》をつくグリムヒルデに、白雪姫《しらゆきひめ》はやさしく聞《き》きました。

「お母《かあ》さま、お加減《かげん》は？　わたくしにできることがございましょうか。」

「そうね――では森《もり》に行《い》って、りんごをひとつ、とってきておくれ。」

「承知《しょうち》いたしました！　お母《かあ》さま。すぐに行《い》ってまいります。」

白雪姫《しらゆきひめ》は、にっこりとほほえみました。

「ありがとう――可愛《かわい》い――小鳥《ことり》。」

グリムヒルデはそう言《い》うと、またうとうとと眠《ねむ》りに落《お》ちました。

するとさっそく、例《れい》の三姉妹《しまい》が夢《ゆめ》に現《あらわ》れたのです。

「♪りんご、りんご、毒《どく》りんご！　白雪姫《しらゆきひめ》に、食《た》べさせろ。」

三人《にん》は声《こえ》を合《あ》わせて歌《うた》うと、グリムヒルデに鏡《かがみ》をつきつけました。

鏡《かがみ》をのぞいたグリムヒルデは、思《おも》わず悲鳴《ひめい》を上《あ》げました。

自慢《じまん》の美《うつく》しい顔《かお》が、鼻《はな》の曲《ま》がった、イボだらけの老婆《ろうば》に変《か》わっていたのです。

19 毒《どく》りんご

翌朝《よくあさ》、グリムヒルデは目《め》を覚《さ》ますと、さっそく、入浴《にゅうよく》の用意《ようい》をさせました。そして、一番上等《いちばんじょうとう》なドレスに着替《きが》え、念入《ねんい》りに整《ととの》えた髪《かみ》に王冠《おうかん》をのせました。ドレスの上《うえ》にお気《き》に入《い》りの紫《むらさき》と黒《くろ》のマントをまとい、胸元《むなもと》を金《かな》ぐさりとルビーのブローチでとめました。

テーブルの上《うえ》には、昨日《きのう》、白雪姫《しらゆきひめ》が森《もり》からとってきた美《うつく》しいりんごがひとつ、そっと置《お》かれています。

グリムヒルデは、真《ま》っ赤《か》なりんごをゆかに投《な》げ捨《す》て、鏡《かがみ》の前《まえ》に立《た》ちました。

それから、奇妙《きみょう》な三姉妹《しまい》に習《なら》った呪文《じゅもん》を唱《とな》え、奴隷《どれい》を呼《よ》び出《だ》しました。

「おはようございます、女王陛下《じょおうへいか》。今朝《けさ》は、何《なに》をお知《し》りになりたいので？」

「きまっているであろう！　この国《くに》で一番美《いちばんうつく》しいのは誰《だれ》だ？」

いらいらと問《と》うグリムヒルデに、奴隷《どれい》はにやりと笑《わら》って答《こた》えました。

「それはもちろん――。いや、ちょっとお待《ま》ちを。美《うつく》しい娘《むすめ》が見《み》えます。粗末《そまつ》な服《ふく》も、その優雅《ゆうが》な美貌《びぼう》をけがすことあたわず――。」

「いったいどこの娘《むすめ》だ？　ずうずうしい！　さっさと名前《なまえ》を言《い》え！」

グリムヒルデはかみつくように問《と》い詰《つ》めます。鏡《かがみ》は答《こた》えました。

「雪《ゆき》のように白《しろ》い肌《はだ》、ばらの花《はな》のように赤《あか》いくちびる、黒髪《くろかみ》はあくまで黒《くろ》く――。」

グリムヒルデは、思《おも》わずダイヤの首飾《くびかざ》りをひきちぎり、

「それは――それはもしや、白雪姫《しらゆきひめ》ではないのか？」

と、目《め》をつりあげて窓辺《まどべ》にかけよると、さっとカーテンを開《あ》けました。

中庭《なかにわ》では、白雪姫《しらゆきひめ》が楽《たの》しげに歌《うた》いながら、井戸《いど》の石段《いしだん》をせっせと洗《あら》っています。

グリムヒルデは、かっとしました。

(そなたはなぜ、いつもそんなに楽《たの》しげなのだ！　愛《あい》する父上《ちちうえ》を、もう忘《わす》れたのか？

あのやさしい父上《ちちうえ》とともに過《す》ごした、幸《しあわ》せな日々《ひび》を！)

グリムヒルデの目《め》に、ひとりの若者《わかもの》が井戸《いど》のほうへやってくるのが見《み》えました。

(あれは隣国《りんごく》の王子《おうじ》ではないか！　白雪姫《しらゆきひめ》と会《あ》うことを禁《きん》じたはずなのに！)

グリムヒルデは乱暴《らんぼう》にカーテンを引《ひ》き、窓《まど》に背《せ》を向《む》けました。

(あのあばずれ姫《ひめ》！　罰《ばつ》として、ひどいめにあわせてやる。)


ところがそのとき、目《め》の前《まえ》に奇妙《きみょう》な三姉妹《しまい》が、ふっと現《あらわ》れたのです。

「いったい、どうやって、この部屋《へや》に？」

グリムヒルデはぎょっとして問《と》いました。

「あたしたちには、あたしたちのやり方《かた》があるのよ、女王陛下《じょおうへいか》。」

ルシンダが言《い》うと、

「あんたにはあんたの――、」

「やり方《かた》が、あるようにね！」

マーサとルビーが、続《つづ》けます。

「いったい、何《なに》が望《のぞ》みなのだ⁉」

グリムヒルデは問《と》い詰《つ》めました。

「それは、まあ――、」

「あんたが、何《なに》を望《のぞ》むかに――、」

「よるわけよ！」

三人《にん》は、次々《つぎつぎ》に言《い》って、きゃっきゃと笑《わら》いました。

「わたくしの望《のぞ》みは、わかっているであろう！」

グリムヒルデがわめくと、三姉妹《しまい》は、声《こえ》を合《あ》わせて歌《うた》いだしたのです。

「♪いばりくさった女王《じょおう》さま、
答《こた》えがほしけりゃ、
地下室《ちかしつ》へ。

本《ほん》も薬《くすり》も、いろいろ、あるわ。

あんたは、魔女《まじょ》よ、女王《じょおう》さま！

あんたの――母《はは》は――魔女《まじょ》だった！」

「わたくしの母《はは》が魔女《まじょ》だった⁉　うそをつくでない！」

グリムヒルデは、きれいな花瓶《かびん》を三姉妹《しまい》に投《な》げつけました。

「あーら、まあ！　お客《きゃく》の前《まえ》で――、」

「かんしゃく、起《お》こして、みっともない！」

「でも、ま、当然《とうぜん》ね。強力《きょうりょく》なライバルが現《あらわ》れたんだもの。」

三人《にん》は代《か》わる代《が》わる言《い》うと、グリムヒルデをそろって見《み》つめ、

「わかっているでしょ。」

「あんたが、国一番《くにいちばん》の美人《びじん》に返《かえ》り咲《ざ》きたいなら――、」

「やっぱり、あの子《こ》を殺《ころ》さなくちゃ。」

それぞれ、低《ひく》い声《こえ》で言《い》いました。

「白雪姫《しらゆきひめ》を——殺《ころ》す!?　なんということを！」

グリムヒルデは眉《まゆ》を上《あ》げました。

けれども心《こころ》のなかでは、それしかないと、思《おも》いはじめていたのです。

「お城《しろ》の狩人《かりゅうど》を使《つか》えばいいの、ハントマンをね。」

「そうすりゃ、あんたは、自分《じぶん》の手《て》をよごすこともない。」

「名案《めいあん》でしょ。」

三人《にん》は次々《つぎつぎ》と言《い》い、グリムヒルデの顔《かお》をのぞきこみました。

「あーら、あら、あら。」

「まだ、迷《まよ》ってるの？　女王陛下《じょおうへいか》。」

「じゃ、あたしたちが、あんたの背中《せなか》を押《お》してあげる！」

マーサのポーチから、からのティーカップが一客《きゃく》、出《で》てきました。

「からのカップよ、受《う》け止《と》めよ。」

ルビーが、カップのなかに、つばをはきました。

「愛《あい》とやさしさよ去《さ》れ、恨《うら》みと憎《にく》しみよ、来《き》たれ！」

こんどはマーサが唱《とな》え、カップにつばをはき入《い》れました。そして、

「悩《なや》める女王《じょおう》は、決断《けつだん》する女王《じょおう》に！」

最後《さいご》にルシンダが叫《さけ》び、カップにつばをはき入《い》れます。

奇妙《きみょう》な三姉妹《しまい》は、それからそろってカップの上《うえ》に手《て》をかざしました。

カップはたちまち、湯気《ゆげ》のたつ液体《えきたい》で満《み》たされました。

「ほら飲《の》んで。」

ルビーにうながされ、グリムヒルデはおずおずとカップを手《て》にとりました。

怪《あや》しげな液体《えきたい》が喉《のど》を通《とお》り、胃《い》におさまると、グリムヒルデの心《こころ》に、異様《いよう》に激《はげ》しい怒《いか》りが燃《も》え上《あ》がりました。

誰《だれ》に向《む》けた怒《いか》りかは、よくわかっています。

グリムヒルデは、自分《じぶん》が長年《ながねん》そうなるまいとしてきた自分《じぶん》になっていくのを感《かん》じました。しかも、なんと今《いま》は、自分《じぶん》がそのいやらしい自分《じぶん》を気《き》に入《い》りはじめているので

す。

「下《さ》がれ、きたない魔女《まじょ》どもめ。」

グリムヒルデは奇妙《きみょう》な三姉妹《しまい》を指差《ゆびさ》すと、怒鳴《どな》りつけました。

「さあ、出《で》ていけ。さもないと、おまえたちのはらわたをまるごと引《ひ》き抜《ぬ》いて、城《しろ》の一番高《いちばんたか》い塔《とう》のてっぺんからつるし、カラスの餌《えさ》にしてやるぞ！」

わめきつづけるグリムヒルデを、三人《にん》はにやにや笑《わら》って見《み》つめました。

「じゃ、必要《ひつよう》になったら、あたしたちを呼《よ》んで。ご遠慮《えんりょ》なくね。」

ルシンダが言《い》い、マーサとルビーがうなずきます。

次《つぎ》の瞬間《しゅんかん》、奇妙《きみょう》な三姉妹《しまい》は、ふいに姿《すがた》を消《け》しました。

20 ハントマン

「ハントマンはもどったか？」

グリムヒルデは、侍女《じじょ》に問《と》いました。

「いえ、女王陛下《じょおうへいか》。まだでございますが、もうすぐ帰《かえ》ってまいりましょう。」

「帰城《きじょう》したらすぐ、わがもとへ来《く》るよう伝《つた》えよ。」

侍女《じじょ》が逃《に》げるように下《さ》がると、グリムヒルデは魔法《まほう》の鏡《かがみ》のほうへ歩《ある》きだしました。

けれども途中《とちゅう》で立《た》ち止《ど》まり、お気《き》に入《い》りのひじかけ椅子《いす》にもどりました。

もし今《いま》、国一番《くにいちばん》の美人《びじん》は誰《だれ》かと聞《き》けば、奴隷《どれい》は、白雪姫《しらゆきひめ》と答《こた》えるに決《き》まっています。そんな答《こた》えを二度《にど》と耳《みみ》にしたくはありません。グリムヒルデはそこで、むかし白《しら》雪姫《ゆきひめ》と読《よ》んだ絵本《えほん》の魔女《まじょ》のように、ドラゴンに変身《へんしん》し、白雪姫《しらゆきひめ》を殺《ころ》すところを想像《そうぞう》しようとしました。

（あの三人《にん》が言《い》うように、魔女《まじょ》なら、できないことはないはずだ。でも——。）

そのとき、部屋《へや》の扉《とびら》をノックする音《おと》が聞《き》こえました。

「お入《はい》り！」

グリムヒルデが答《こた》えると、元気《げんき》な足音《あしおと》とともに、ハントマンが入《はい》ってきました。

「お呼《よ》びでございますか？　女王陛下《じょおうへいか》。」

「いかにも。今《いま》から白雪姫《しらゆきひめ》を森《もり》に連《つ》れ出《だ》してほしい。」

「花《はな》つみにでございますか？　これはおやさしいことを。」

「いいや、ちがう。」

グリムヒルデはハントマンをにらみつけ、石《いし》のように冷《つめ》たい声《こえ》で告《つ》げました。

「白雪姫《しらゆきひめ》を森《もり》に連《つ》れ出《だ》し、殺《ころ》・す・のだ！」

ハントマンはぎょっとし、

「まさか、あの可愛《かわい》い姫《ひめ》さまを!?　女王陛下《じょおうへいか》、どうかお考《かんが》え直《なお》しください。」

と、必死《ひっし》で頼《たの》みこみました。けれどもグリムヒルデは首《くび》を横《よこ》にふり、

「必《かなら》ず殺《ころ》せ。もししくじったらどうなるかは――わかっているな？」

ハントマンをにらみつけました。

「――はい、女王陛下《じょおうへいか》。」

ハントマンはうなだれました。もししくじったら、自分《じぶん》の命《いのち》はない、いや妻《つま》や子《こ》どもまで殺《ころ》されると、わかっていたからです。

「よろしい。では殺《ころ》した証拠《しょうこ》として、このなかに姫《ひめ》の心臓《しんぞう》を入《い》れてまいれ。」

グリムヒルデは小《ち》さな木箱《きばこ》をハントマンにつきつけました。全面《ぜんめん》に美《うつく》しい彫刻《ちょうこく》がほどこされ、剣《けん》がハートを貫《つらぬ》く形《かたち》の錠《じょう》がついています。そう、これはグリムヒルデが、亡《な》き王《おう》から前王妃《ぜんおうひ》の形見《かたみ》としてあずかった箱《はこ》でした。

「しくじるでないぞ。」

グリムヒルデは、見《み》るも恐《おそ》ろしい顔《かお》でハントマンをにらみつけました。

「承知《しょうち》いたしました。」

ハントマンはうなずき、一礼《いちれい》すると、出《で》ていきました。

グリムヒルデは、窓《まど》から白雪姫《しらゆきひめ》がうれしそうに、ハントマンの馬車《ばしゃ》に乗《の》って出《で》かけるのを見届《みとど》けると、にやりと笑《わら》いました。

（わたしがまた、国一番《くにいちばん》の美人《びじん》となるのも、時間《じかん》の問題《もんだい》だ。）

けれど夕暮《ゆうぐ》れどきになっても、ハントマンはもどってきません。

（もしやあの男《おとこ》、情《じょう》にほだされて姫《ひめ》と逃《に》げたか！）

グリムヒルデが美《うつく》しい靴《くつ》で、ぎりぎりと大理石《だいりせき》のゆかを踏《ふ》みしだいていると、扉《とびら》をノックする音《おと》が聞《き》こえました。

「女王陛下《じょおうへいか》、ご命令《めいれい》を果《は》たしてきました。」

ハントマンは小声《こごえ》で言《い》うと、木箱《きばこ》を差《さ》し出《だ》しました。

ふたを開《あ》けたグリムヒルデは、満足《まんぞく》そうにほほえみました。そこには血《ち》だらけの小《ちい》さな心臓《しんぞう》が血《ち》をふきだして、収《おさ》まっています。

「殺《ころ》したてだな。よくやった、ハントマン、ほうびはじゅうぶんやろう。」

グリムヒルデはハントマンを下《さ》がらせ、さっそく魔法《まほう》の鏡《かがみ》に向《む》かいました。

「奴隷《どれい》よ、今《いま》、国一番《くにいちばん》の美人《びじん》は誰《だれ》だ?」

「女王陛下《じょおうへいか》、それは、あなたではありません。白雪姫《しらゆきひめ》ですよ。」

「うそを言《い》うな! これが証拠《しょうこ》だ。」

グリムヒルデは、血《ち》にまみれた心臓《しんぞう》が入《はい》った箱《はこ》をつきつけました。奴隷《どれい》はため息《いき》をつき、言《い》いました。

「ふふふ、女王陛下《じょおうへいか》、それはブタの心臓《しんぞう》。あの狩人《かりゅうど》は、姫《ひめ》を森《もり》へ逃《に》がしましたぞ。」

激怒《げきど》したグリムヒルデは、ふたたびハントマンを呼《よ》びつけると、

「この裏切《うらぎ》り者《もの》め!」

持《も》っていたナイフで、ハントマンの腹《はら》を思《おも》いきりつきました。

ナイフからしたたり落《お》ちる真《ま》っ赤《か》な血《ち》は、グリムヒルデに、先日悪夢《せんじつあくむ》で見《み》たあの真《ま》っ赤《か》なりんごを思《おも》い起《お》こさせました。

21

りんごよ、赤《あか》くなれ

ハントマンを刺《さ》したグリムヒルデは、足音《あしおと》も荒《あら》く地下室《ちかしつ》へ向《む》かいました。

（ブタの心臓《しんぞう》だと!?　よくも、このわたしをだまそうとしたな！）

どすどすと階段《かいだん》をおりながら、

（やはり白雪姫《しらゆきひめ》は、この手《て》で殺《ころ》すしかないだろう。）

と心《こころ》のなかでつぶやきました。それにはまず、姫《ひめ》がどこにかくれているかを、つきとめねばなりません。グリムヒルデは地下室《ちかしつ》のテーブルのすみの水晶玉《すいしょうだま》を手《て》にとると、じっとのぞきこみました。

「ははあ！　あのあばずれ娘《むすめ》は今《いま》、鉱山《こうざん》の近《ちか》くの、七人《にん》の小人《こびと》の小屋《こや》にいるようだ。」

水晶玉《すいしょうだま》をテーブルに置《お》き、こんどは本棚《ほんだな》をのぞきました。地下室《ちかしつ》の本棚《ほんだな》には、奇妙《きみょう》な三姉妹《しまい》が置《お》いていった魔術《まじゅつ》の本《ほん》がずらりと並《なら》んでいます。

『黒魔術《くろまじゅつ》』……『呪術《じゅじゅつ》』……『錬金術《れんきんじゅつ》』……『変装術《へんそうじゅつ》』。これだ！」

古《ふる》びてほこりをかぶった一冊《さつ》を抜《ぬ》き取《と》り、テーブルの上《うえ》に置《お》くと、目《め》を皿《さら》のようにして目次《もくじ》を調《しら》べました。そしてついに「老婆《ろうば》に変装《へんそう》」という章《しょう》を見《み》つけたのです。

「ミイラの粉《こな》をひとつまみ、イモリの目《め》を二つ。トカゲのしっぽを十二本《ほん》、ふむ……。」

小瓶《こびん》のなかの材料《ざいりょう》を取《と》り出《だ》し、沼《ぬま》の泥《どろ》に混《ま》ぜ、どぶの水《みず》を三さじ入《い》れた小《こ》なべに加《くわ》えて、とろ火《び》で煎《せん》じました。できた薬《くすり》を水晶《すいしょう》のコップに入《い》れて、地下室《ちかしつ》の窓《まど》にかざすと、一口《ひとくち》飲《の》みました。とたんに、

（う！　喉《のど》がつまりそうだ……。）

まぶたの裏《うら》で星《ほし》がとび散《ち》り、喉《のど》をおさえた手《て》が、ひりひり痛《いた》みだしました。

思《おも》わず見《み》ると、ふっくらと美《うつく》しい手《て》がどんどんしぼみ、老《お》いた醜《みにく》い手《て》に変《か》わってい

ます。いつもの堂々《どうどう》とよく響《ひび》く声《こえ》は、カエルのような、がらがら声《ごえ》に。

水晶《すいしょう》のコップに映《うつ》っているのは、白髪《しらが》をふりみだした老婆《ろうば》の顔《かお》。ほおはこけ、曲《ま》がった鼻《はな》の頭《あたま》には、大《おお》きなイボまであります。

服装《ふくそう》もすっかり変《か》わっていました。いつもの女王《じょおう》らしいドレスは消《き》え、フードがついた、ぼろぼろの黒《くろ》いマントです。

(なんとまあ！　変《か》われば変《か》わるもの。)

グリムヒルデは、思《おも》わずふきだすと、

「憎《にく》い白雪姫《しらゆきひめ》を、さて、どう殺《ころ》そうか。」

とつぶやきました。

あたりを見回《みまわ》すと、

「おや！　いったい、なぜ？」

思《おも》わず目《め》をしばたたかせました。ゆかの上《うえ》に、いつの間《ま》にか、りんごがひとつ、転《ころ》がっていたのです。

やさしい白雪姫《しらゆきひめ》が寝《ね》こんだ継母《ままはは》に言《い》われ、さっそく、もいできたりんご。

グリムヒルデが冷《つめ》たく投《な》げ捨《す》てたりんごが……。

（そうだ、毒《どく》りんごにしよう！）

グリムヒルデは三姉妹《しまい》からもらった毒薬《どくやく》の本《ほん》をひもとき、ついに毒《どく》りんごの作《つく》り方《かた》を見《み》つけました。一口《ひとくち》かじった者《もの》はとたんに目《め》をとじ、永遠《えいえん》に眠《ねむ》りつづけるというりんごの作《つく》り方《かた》を！

まもなく、大《おお》なべのなかで、緑色《みどりいろ》の液《えき》がふっとうしました。

（これで強力《きょうりょく》な毒《どく》りんごができる。）

グリムヒルデはにんまり笑《わら》い、りんごのじくにひもを結《むす》びつけました。これなら、毒液《どくえき》にふれずに、りんごを大《おお》なべにひたすことができます。

「りんごよ、魔法《まほう》の液《えき》をくぐれ。白雪姫《しらゆきひめ》を眠《ねむ》らせるために！」

グリムヒルデは、三姉妹《しまい》の本《ほん》で覚《おぼ》えた呪文《じゅもん》を唱《とな》えてからそう言《い》うと、りんごをそろそろと大《おお》なべにつけました。緑色《みどりいろ》の液《えき》がたちまち青《あお》に変《か》わります。じくに結《むす》びつけたひもを引《ひ》くと、白《しろ》いどくろのマークがついた真《ま》っ黒《くろ》なりんごが上《あ》がってきました。

「さあ、りんごよ、赤《あか》くなれ。つい食《た》べたくなるような、赤《あか》いりんごになるのだぞ。」

と、グリムヒルデは唱《とな》えました。りんごはたちまちつややかな赤《あか》に色《いろ》を変《か》え……。

ついに、毒《どく》りんごは完成《かんせい》しました！

白雪姫《しらゆきひめ》は今《いま》、はるか遠《とお》く、鉱山《こうざん》の近《ちか》くの村《むら》に、七人《にん》の小人《こびと》たちといっしょにかくれ住《す》んでいます。

（この毒《どく》りんごを一口《ひとくち》食《た》べた姫《ひめ》は倒《たお》れて、眠《ねむ》りにつく。小人《こびと》たちは目《め》の前《まえ》に横《よこ》たわる姫《ひめ》を見《み》つけ、泣《な》きながら土《つち》に埋《う》めるだろう――生《い》きたままで。）

グリムヒルデはけたたましく笑《わら》いました。地下室《ちかしつ》のガラスが震《ふる》え、お気《き》に入《い》りのカラスが、驚《おどろ》いて舞《ま》い上《あ》がりました。

あとは、りんごを持《も》っていくだけでいいのです。

（わたしは、もうすぐ、国一番《くにいちばん》の美人《びじん》になるのだ。）

と、グリムヒルデは思《おも》いました。

22

老婆《ろうば》と野原《のはら》と小屋《こや》

グリムヒルデは、できあがった毒《どく》りんごを、野菜《やさい》といっしょにバスケットにつめ、秘密《ひみつ》の地下道《ちかどう》へおりました。むかし、亡《な》き王《おう》と結婚《けっこん》したばかりのころ、敵《てき》がお城《しろ》に攻《せ》めてきたときに、王《おう》に守《まも》られながら、白雪姫《しらゆきひめ》を連《つ》れて、ひそかにお城《しろ》をぬけだすのに使《つか》った、あの地下道《ちかどう》です。

（地下道《ちかどう》の先《さき》には、運河《うんが》がある。川岸《かわぎし》には今《いま》も、小舟《こぶね》がつながれているはず。）

グリムヒルデは、小舟《こぶね》に乗《の》って運河《うんが》を進《すす》み、沼地《ぬまち》を目《め》ざそうとしていました。

真夜中《まよなか》で、月《つき》はなく、あたりは真《ま》っ暗《くら》。当番《とうばん》の衛兵《えいへい》はいねむりをしています。

（この役立《やくた》たず者《もの》が！　帰《かえ》ったら首《くび》をしめてやる！）

心《こころ》のなかで毒《どく》づきながらも、ぶじに秘密《ひみつ》の地下道《ちかどう》をぬけ、川岸《かわぎし》につながれた小舟《こぶね》にひとり乗《の》りこみました。

（おお！　あった。）

グリムヒルデの頭《あたま》のなかに、白雪姫《しらゆきひめ》を乗《の》せて小舟《こぶね》をこいだのが、昨日《きのう》のことのようによみがえります。

けれども今《いま》は、感傷《かんしょう》にひたっている場合《ばあい》ではありません。

醜《みにく》い野菜《やさい》売《う》りの老婆《ろうば》に変身《へんしん》した女王《じょおう》グリムヒルデは、必死《ひっし》で小舟《こぶね》を操《あやつ》り、運河《うんが》を行《い》きます。沼地《ぬまち》に着《つ》くと、小舟《こぶね》を捨《す》て、暗《くら》い森《もり》のなかを歩《ある》きだしました。白雪姫《しらゆきひめ》がかくまわれているのは遠《とお》い鉱山《こうざん》の村《むら》。やせて背中《せなか》が曲《ま》がった老婆《ろうば》には、大変《たいへん》な道《みち》のりです。足腰《あしこし》をかばい、途中《とちゅう》で何度《なんど》も立《た》ち止《ど》まり、なんとか野原《のはら》に着《つ》きました。

雲《くも》のあいだから、わずかな月光《げっこう》が差《さ》してきました。すると、

「女王陛下《じょおうへいか》――いかが？」

どこからともなく、三つの声《こえ》が聞《き》こえました。

「おまえたちは?」

グリムヒルデは、自分《じぶん》の老《お》いた声《こえ》にぎょっとしながら問《と》い詰《つ》めます。

影《かげ》のなかから、三つの姿《すがた》が現《あらわ》れました。

「女王《じょおう》さま!　その格好《かっこう》、最高《さいこう》よ!」

奇妙《きみょう》な三姉妹《しまい》は声《こえ》を合《あ》わせて、あざけり笑《わら》います。

グリムヒルデは、三姉妹《しまい》を押《お》しのけ、足《あし》をひきずって歩《ある》きだしました。

「がんばってえ!　しくじらないでね!　おばあちゃん!」

三人《にん》の笑《わら》い声《ごえ》が、グリムヒルデの老《お》いて聞《き》こえにくくなった耳《みみ》に響《ひび》きわたります。


夜《よる》があけるとすぐ、グリムヒルデは、遠《とお》くに鉱山《こうざん》を見渡《みわた》す丘《おか》の上《うえ》に着《つ》きました。ふもとには、えんとつから白《しろ》い煙《けむり》をなびかせた、一軒《けん》の可愛《かわい》い小《ちい》さな家《いえ》がありました。

「あれが、七人《にん》の小人《こびと》の家《いえ》か!　白雪姫《しらゆきひめ》は、あそこにかくれているのだな。」

グリムヒルデはひひひと笑《わら》うと、丘《おか》をよたよたとくだりました。

それから、一番上《いちばんうえ》にりんごを入《い》れた野菜《やさい》のバスケットを抱《かか》え、一本《ぽん》の大《おお》きな木《き》の後《うし》ろにかくれました。

やがて、小《ちい》さな可愛《かわい》い家《いえ》のドアが開《あ》き、つるはしをかついだ小人《こびと》たちが次々《つぎつぎ》と出《で》てきました。七人《にん》の小人《こびと》が、家《いえ》の前《まえ》にせいぞろいすると、

「みんな、忘《わす》れ物《もの》はないかしら？」

グリムヒルデの耳《みみ》に、あのすずやかな声《こえ》が聞《き》こえ、可愛《かわい》い靴《くつ》が見《み》えました。

つややかな黒髪《くろかみ》、赤《あか》いくちびる、雪《ゆき》のように白《しろ》い肌《はだ》を、太陽《たいよう》に輝《かがや》かせて。

（まったく！　こんなところにいても、相変《あいか》わらずきれいだ。）

グリムヒルデはくやしさに、こぶしを握《にぎ》りしめました。

（しかも、明《あか》るく、やさしく、いかにも親切《しんせつ》そうで――。）

小人《こびと》たちを送《おく》り出《だ》した姫《ひめ》は、小鳥《ことり》たちにパンくずをやりはじめました。

（きれいなだけではない、明《あか》るく、やさしく、親切《しんせつ》で――ああ、まったくいやになる！）

グリムヒルデは木《き》の後《うし》ろに身《み》をかくしたまま、長《なが》い曲《ま》がった爪《つめ》で木《き》の幹《みき》をひっかき、姫《ひめ》への怒《いか》りと嫉妬《しっと》をおさえこみました。

そして木《き》の後《うし》ろのかくれ場所《ばしょ》からぬけだし、開《あ》け放《はな》たれた窓《まど》に近《ちか》づき、白雪姫《しらゆきひめ》にしわがれ声《ごえ》で、呼《よ》びかけました。

「こんにちは、お嬢《じょう》さん。じょうずに、パイを作《つく》るんだねえ。」

白雪姫《しらゆきひめ》はパイ生地《きじ》から目《め》を上《あ》げ、にっこりとうなずきました。

「こんにちは、おばあさん。わたし、パイは得意《とくい》なのよ。」

「そうかね。小人《こびと》さんたちは、お出《で》かけかい？」

「ええ、お仕事《しごと》で。そうそう、ブロッコリーはあるかしら？　サラダにしたいの。」

グリムヒルデはにやりと笑《わら》うと言《い》いました。

「あいにく、ブロッコリーは売《う》り切《き》れだ。でも、代《か》わりにこれはどうだい？」

骸骨《がいこつ》のような指《ゆび》で真《ま》っ赤《か》なりんごをつまみ上《あ》げると、白雪姫《しらゆきひめ》に見《み》せました。

「まあ、赤《あか》くて、ほんとうにきれい！　食《た》べるのが、もったいないくらいね。」

「いやいや、そんなことを言《い》わず。さあ、一口《ひとくち》かじってごらん。」

グリムヒルデは、姫《ひめ》にりんごを押《お》しつけようとしました。そのとたん――。

「ぎゃあああ！　なんだ、何《なに》をする！」

何百羽《なんびゃくわ》もの小鳥《ことり》の群《む》れが、いっせいに空《そら》から舞《ま》いおり、グリムヒルデをつきだしたのです。小鳥《ことり》たちは、小《ちい》さな鋭《するど》いくちばしで、グリムヒルデのマントのフードを取《と》り払《はら》うと、白髪頭《しらがあたま》をつきまわし、細《ほそ》くしなやかな尾《お》で背中《せなか》をたたきます。グリムヒルデは、バスケットを放《ほう》り出《だ》し、老《お》いた醜《みにく》い顔《かお》を両手《りょうて》でかばってしゃがみこみます。

手《て》にしたりんごがすぐそばの地面《じめん》に落《お》ちました。

白雪姫《しらゆきひめ》が、あわててとび出《だ》してくると、

「だめよ！　鳥《とり》さんたち！　どうしたの？」

と、暴《あば》れる小鳥《ことり》たちを止《と》めました。

グリムヒルデはすばやく毒《どく》りんごを拾《ひろ》い上《あ》げました。

「ごめんなさい、おばあさん。いつもやさしい小鳥《ことり》たちが、きょうはどうしたのかしら？」

白雪姫《しらゆきひめ》は心《こころ》からあやまると、

「家《いえ》のなかで休《やす》んでくださいな。お水《みず》を持《も》ってきます。」

と言《い》いました。

（しめた！）

グリムヒルデは、白雪姫《しらゆきひめ》のあとから、わざとよろよろ家《いえ》のなかに入《はい》ると、勧《すす》められた椅子《いす》にぐったりとかけました。マントにかくしたりんごにふれると、

（可愛《かわい》い娘《むすめ》を、殺《ころ》す？　そんなむごいことが、できるだろうか……。）

冷酷《れいこく》な心《こころ》が一瞬《いっしゅん》ゆらぎました。けれども次《つぎ》の瞬間《しゅんかん》、

（同情《どうじょう》は禁物《きんもつ》。今《いま》、この子《こ》を亡《な》き者《もの》にすれば、わたしは一生《いっしょう》、安心《あんしん》なのだから。）

と、別《べつ》の声《こえ》がささやいたのです。グリムヒルデは上目使《うわめづか》いに白雪姫《しらゆきひめ》を見《み》ると、

「あわれな老婆《ろうば》に親切《しんせつ》にしてくれたお礼《れい》に、このりんごをあげよう。実《じつ》はねえ、これは魔法《まほう》のりんごだ。あんたの願《ねが》いごとを、ひとつ残《のこ》らずかなえてくれるのさ。」

と言《い》いました。白雪姫《しらゆきひめ》は目《め》を輝《かがや》かせました。

「魔法《まほう》のりんごですって？　食《た》べれば願《ねが》いごとをかなえてくれる？」

白雪姫《しらゆきひめ》は聞《き》き返《かえ》しました。グリムヒルデは椅子《いす》から立《た》ち上《あ》がり、

「そうさ！　一口《ひとくち》かじるだけで、あんたの願《ねが》いはすべてかなう。」

グリムヒルデは、白雪姫《しらゆきひめ》に、にじりよると言《い》いました。

「さあ、ぐずぐずしないで、一口《ひとくち》おあがり。一口《ひとくち》だけでいいからね。」

グリムヒルデは白雪姫《しらゆきひめ》の両手《りょうて》にむりやり、りんごを握《にぎ》らせました。

白雪姫《しらゆきひめ》は、心《こころ》のなかで二つの願《ねが》いを唱《とな》えました。

ひとつは、馬《うま》に乗《の》ったりりしい王子《おうじ》が、わたしをさらいにきてくれますように。

娘時代《むすめじだい》のグリムヒルデも、心《こころ》のなかでそう願《ねが》っていました。

そして、もうひとつは、愛《あい》する人《ひと》と、いつまでもふたりで幸《しあわ》せに暮《く》らせますように。

娘時代《むすめじだい》のグリムヒルデは、これをうっかり願《ねが》いそこねてしまったのです。

グリムヒルデは白雪姫《しらゆきひめ》を見《み》つめ、

「さあ、はやく！　ぐずぐずしていると、願《ねが》いがかなわなくなるよ。」

と、うながしました。姫《ひめ》は見《み》たこともない美《うつく》しいりんごに口《くち》をつけました。

そのとたん、

「ああ、なんだか気分《きぶん》が――。」

白雪姫《しらゆきひめ》が目《め》をしばたたかせます。

グリムヒルデは、ぞくぞくしながら、そのときを待《ま》ちました。

強力《きょうりょく》なライバルが死《し》に、自分《じぶん》がこの国《くに》で一番《いちばん》の美人《びじん》に返《かえ》り咲《ざ》く瞬間《しゅんかん》を。

グリムヒルデの目《め》の前《まえ》で、白雪姫《しらゆきひめ》の体《からだ》がふらふらと、ゆれました。

やがて白雪姫《しらゆきひめ》は、かじりかけのりんごを手放《てばな》し、どっとゆかに倒《たお》れこみました。

「わぁはっはっはっはっは！　ひーっひひひひひ！」

グリムヒルデは、国中《くにじゅう》に響《ひび》きわたるような、けたたましい笑《わら》い声《ごえ》をたてました。

その笑《わら》いに応《こた》えるように、上空《じょうくう》で雷鳴《らいめい》が響《ひび》き、外《そと》はどしゃぶりの雨《あめ》となりました。

23 断崖《だんがい》

グリムヒルデは、倒《たお》れふす白雪姫《しらゆきひめ》を見《み》つめて、けたけたと笑《わら》いつづけました。

これでもう永遠《えいえん》に、国一番《くにいちばん》の美女《びじょ》の座《ざ》を奪《うば》われる心配《しんぱい》はなくなったのです。

「疲《つか》れた。はやく城《しろ》に帰《かえ》って、このいまいましい老婆《ろうば》の姿《すがた》から解放《かいほう》されたいものだ。」

降《ふ》りしきる雨《あめ》を見《み》ながら、大《おお》きく息《いき》をつきました。

（でも、変装《へんそう》を解《と》く呪文《じゅもん》は？　まあいい。調《しら》べればすぐ、わかることだ。）

するとそのとき、

「おあいにくさま！」

「女王陛下《じょおうへいか》！」

「そんな、呪文《じゅもん》は、なーいのよ！」

雨音《あまおと》のなかから、三姉妹《しまい》の声《こえ》が次々《つぎつぎ》と聞《き》こえてきました。

グリムヒルデは真《ま》っ青《さお》になりました。

「呪文《じゅもん》がない!? この変装《へんそう》を解《と》く呪文《じゅもん》がない？ そんなばかな！」

こんな姿《すがた》で、奴隷《どれい》と向《む》き合《あ》うわけにはいきません。こんな醜《みにく》い老婆《ろうば》の姿《すがた》で。

「もしほんとうにそんな呪文《じゅもん》がないなら、すべてが水《みず》の泡《あわ》ではないか！ わたくしは今《いま》まで、何《なん》のために生《い》きてきたのだ？ すべてがお笑《わら》い草《ぐさ》だ！」

グリムヒルデは激《はげ》しく笑《わら》いながら、雷雨《らいう》のなかに踏《ふ》みだしました。雷鳴《らいめい》を聞《き》き、びしょぬれになりながら、素足《すあし》でよろよろと、でこぼこの山道《やまみち》を歩《ある》きつづけます。この雨《あめ》がわが罪《つみ》とけがれを、洗《あら》い流《なが》してくれますようにと祈《いの》りながら。

（わたしは父《ちち》を憎《にく》み、結局《けっきょく》、父《ちち》とそっくりの冷酷《れいこく》な人間《にんげん》に成《な》り果《は》て、人生《じんせい》をめちゃくちゃにした。この姿形《すがたかたち》では、二度《にど》と国一番《くにいちばん》の美人《びじん》になれない。生《い》きる希望《きぼう》もない。可《か》愛《わい》い小鳥《ことり》と呼《よ》び、愛《あい》してきた娘《むすめ》まで殺《ころ》してしまったのだから――。）

よろよろと歩《ある》きつづけるグリムヒルデの耳《みみ》に、

「殺《ころ》せ！　殺《ころ》せ！　女王《じょおう》を殺《ころ》せ！」

と叫《さけ》ぶ声《こえ》が聞《き》こえてきました。

白雪姫《しらゆきひめ》を傷《きず》つけられた七人《にん》の小人《こびと》たちが、復讐《ふくしゅう》に燃《も》えて追《お》いかけてきたのです。

グリムヒルデは小人《こびと》たちの怒声《どせい》で、とつぜん我《われ》に返《かえ》ると、走《はし》って逃《に》げだしました。

ところが小人《こびと》たちは、グリムヒルデの想像《そうぞう》をはるかに超《こ》えて力《ちから》が強《つよ》く、すばやいのです。この小人《こびと》たちにも一種《いっしゅ》の魔力《まりょく》がそなわっているのでしょう。

怒《いか》りにゆがんだ七つの顔《かお》を見《み》たグリムヒルデは、震《ふる》え上《あ》がりました。

グリムヒルデは、歩幅《ほはば》の差《さ》を生《い》かして、追《お》っ手《て》を引《ひ》き離《はな》そうとしました。

それでも小人《こびと》たちはあきらめず、グリムヒルデを追《お》いかけます。

やがて道《みち》が二本《ほん》に分《わ》かれました。

一本《ぽん》は、巨大《きょだい》な岩《いわ》をいただく断崖《だんがい》に。もう一本《ぽん》は森《もり》の奥《おく》へ続《つづ》いています。

もし森《もり》に逃《に》げこめば、生《お》い茂《しげ》る木々《きぎ》のあいだに、かくれることができるでしょう。

断崖《だんがい》のほうへ走《はし》れば、小人《こびと》たちにつかまることは、間違《まちが》いありません。

（どうしよう……どうすればいい？）

とまどうグリムヒルデの前《まえ》に、奇妙《きみょう》な三姉妹《しまい》がふいに姿《すがた》を見《み》せたのです。

「ほら止《と》まって、考《かんが》えて。」

「断崖《だんがい》のほうへ行《い》けば――、」

「七人《にん》の小人《こびと》に殺《ころ》されるか、自分《じぶん》で死《し》ぬかのどっちかよ。」

三姉妹《しまい》は、大《おお》まじめな口調《くちょう》で言《い》いました。そして、

「森《もり》がいいわ、森《もり》にかくれなさい。」

「あたしたちが見《み》つけだして、変装《へんそう》を解《と》いてあげる。」

「ほんとはね、変装《へんそう》を解《と》く呪文《じゅもん》はあるの。」

三人《にん》で代《か》わる代《が》わる言《い》うと、ひひひと笑《わら》いました。

グリムヒルデは考《かんが》えました。森《もり》にかくれれば、人生《じんせい》をやり直《なお》すチャンスはありそうです。

（でも、今《いま》さら、どんな人生《じんせい》を？　愛《あい》する王《おう》さまはもういない。あのかたがいない人生《じんせい》を生《い》きる価値《かち》など、あるだろうか……。）

グリムヒルデは白雪姫《しらゆきひめ》を思《おも》いました。

（継子《ままこ》とはいえ、わが子同様《こどうよう》に愛《あい》したあの子《こ》。美《うつく》しく、けがれを知《し》らない娘《むすめ》だった。父上亡《ちちうえな》きあとは、その思《おも》い出《で》をたいせつにしながら、元気《げんき》いっぱい自分《じぶん》の人生《じんせい》を生《い》きてきた可愛《かわい》い小鳥《ことり》。それに引《ひ》きかえ、このわたしは自分《じぶん》の苦悩《くのう》に負《ま》け、虚栄心《きょえいしん》に負《ま》けて、自分《じぶん》の人生《じんせい》も姫《ひめ》の人生《じんせい》も破壊《はかい》してしまった。

女王《じょおう》になったとき、わたしは民《たみ》たちの先頭《せんとう》に立《た》って、この国《くに》をできるだけよくしたいと思《おも》った。けれども自分《じぶん》の弱《よわ》さに負《ま》け、女王《じょおう》の務《つと》めを果《は》たしきれなかった……。）

小人《こびと》たちがすぐ後《うし》ろまで迫《せま》ってきました。三姉妹《しまい》はいつの間《ま》にか、姿《すがた》を消《け》しています。

グリムヒルデは断崖《だんがい》に目《め》をやりました。雨《あめ》はやみ、雲《くも》に包《つつ》まれた空《そら》に、むちのような稲妻《いなずま》が光《ひか》っています。グリムヒルデは、断崖《だんがい》に向《む》かって歩《ある》きだしました。

24

めでたし、めでたし

白雪姫《しらゆきひめ》は愛《あい》する王子《おうじ》のキスで目覚《めざ》めました。

わけもわからぬままに、ぼんやり見上《みあ》げると、そこに王子《おうじ》がいたのです。王子《おうじ》のキスで、毒《どく》りんごの呪《のろ》いは解《と》け、白雪姫《しらゆきひめ》は生《い》き返《かえ》りました。

(あのおばあさんがくれたりんごは、きっと、ほんとうに魔法《まほう》のりんごだったのね。)

と、姫《ひめ》は思《おも》いました。りんごを食《た》べる前《まえ》に、心《こころ》のなかで唱《とな》えた願《ねが》いが、かなったのですから。

白雪姫《しらゆきひめ》と王子《おうじ》は、それからまもなく結婚《けっこん》しました。

結婚式《けっこんしき》の晩《ばん》、お城《しろ》のまわりの木々《きぎ》はほたるの光《ひかり》で輝《かがや》き渡《わた》っていました。

黒《くろ》い海《うみ》に鏡《かがみ》の破片《はへん》を散《ち》らしたような美《うつく》しい星空《ほしぞら》のもと、お城中《しろじゅう》に姫《ひめ》の大好《だいす》きな花々《はなばな》が飾《かざ》られました。

それぞれの花《はな》の香《かお》りは白雪姫《しらゆきひめ》に、たくさんのすてきな思《おも》い出《で》を思《おも》い起《お》こさせました。舞踏会《ぶとうかい》が始《はじ》まると、姫《ひめ》は夫《おっと》となった王子《おうじ》と最初《さいしょ》のダンスをしました。

(お母《かあ》さまも、最初《さいしょ》のお母《かあ》さまも、いっしょに踊《おど》ってくださっているよう！)

白雪姫《しらゆきひめ》は思《おも》いました。

継母《ままはは》の持《も》ち物《もの》だったたつつ形《がた》の鏡《かがみ》のしかけが回《まわ》り、星《ほし》や月《つき》やさまざまな形《かたち》をお城《しろ》の壁《かべ》に投《な》げかけます。

(ほんとうに幸《しあわ》せ！)

白雪姫《しらゆきひめ》は愛《あい》する夫《おっと》にキスしました。

継母《ままはは》の死《し》で、新《あら》たな女王《じょおう》となると、姫《ひめ》は亡《な》き父《ちち》にならい、公正《こうせい》に、熱心《ねっしん》に国《くに》をおさめようと決意《けつい》しました。

(もし事情《じじょう》がちがっていたら、お母《かあ》さまだって、きっと、そうお考《かんが》えだったたにちがいない。）

白雪姫《しらゆきひめ》は王子《おうじ》にふたたびキスし、星空《ほしぞら》を見上《みあ》げ、すばらしい伴侶《はんりょ》を得《え》た幸福《こうふく》に感謝《かんしゃ》しました。父《ちち》とふたりの母《はは》が今《いま》も生《い》きていてくれたらと思《おも》いながら。

幼《おさな》いときに両親《りょうしん》を亡《な》くした姫《ひめ》にとって、継母《ままはは》はゆいいつの頼《たよ》りでした。けれども父《ちち》が亡《な》くなって以来《いらい》、継母《ままはは》は別人《べつじん》のようになりました。それでも白雪姫《しらゆきひめ》は継母《ままはは》を憎《にく》む気《き》にはなれませんでした。

「お父《とう》さまが亡《な》くなった日《ひ》に、お母《かあ》さまも亡《な》くなったのね。今《いま》ならわかるわ。」

と、白雪姫《しらゆきひめ》はつぶやきました。

その晩遅《ばんおそ》く、長々《ながなが》と続《つづ》く披露宴《ひろうえん》が果《は》てると、姫《ひめ》は自室《じしつ》に引《ひ》き上《あ》げました。

暖炉《だんろ》の横《よこ》には、侍従《じじゅう》たちの手《て》で運《はこ》びこまれたお祝《いわ》いの品々《しなじな》が、きちんと積《つ》み上《あ》げられています。姫《ひめ》はふかふかしたベルベットのソファの上《うえ》にそっと身《み》を横《よこ》たえました。

すると、ふいに、自分《じぶん》が一羽《わ》の小鳥《ことり》のように小《ちい》さくなるのを感《かん》じたのです。

（お母《かあ》さまはわたしをいつも、小鳥《ことり》と呼《よ》んでくれた。）

愛《あい》する継母《ままはは》がいない寂《さび》しさをかみしめながらソファから身《み》を起《お》こし、ベッドのわきに置《お》かれた大《おお》きな包《つつ》みを開《あ》けました。

（まあ！　お母《かあ》さまのお気《き》に入《い》りの鏡《かがみ》が、どうしてここに？）

次《つぎ》の瞬間《しゅんかん》、姫《ひめ》はあっと声《こえ》を上《あ》げると、目《め》を見開《みひら》きました。

鏡《かがみ》の表面《ひょうめん》に炎《ほのお》が広《ひろ》がり、渦巻《うずま》く紫色《むらさきいろ》の霧《きり》が立《た》ち――。

ひとつの顔《かお》が現《あらわ》れたのです。

「大好《だいす》きよ、わたしの可愛《かわい》い小鳥《ことり》。」

魔法《まほう》の鏡《かがみ》のなかから、継母《ままはは》が呼《よ》びかけました。

「あなたを愛《あい》しているわ、むかしも、今《いま》も、これからもずっとね。」

継母《ままはは》グリムヒルデが娘《むすめ》にキスを投《な》げました。

花嫁《はなよめ》となり、新《あら》たに女王《じょおう》となった娘《むすめ》に。

「お母《かあ》さま！」

白雪姫《しらゆきひめ》は、にっこりほほえむと、顔《かお》を輝《かがや》かせてキスを返《かえ》しました。

訳《やく》者《しゃ》より

悲《かな》しくも温《あたた》かい──新《あら》たな『白雪姫《しらゆきひめ》』

いかがでしたか？　みんなが知《し》らない白雪姫《しらゆきひめ》の継母《ままはは》のお話《はなし》。

継母《ままはは》の意地悪《いじわる》の裏《うら》には、あまりにも悲《かな》しい事情《じじょう》が潜《ひそ》んでいたのですね。

『白雪姫《しらゆきひめ》』の原作《げんさく》は十九世紀《せいき》に活躍《かつやく》した、ドイツの文学者《ぶんがくしゃ》グリム兄弟《きょうだい》の『グリム童話《どうわ》集《しゅう》（Kinder-und Hausmärchen《キンダー　ウント　ハウスメルヒェン》）』に収録《しゅうろく》され、民話《みんわ》として伝《つた》わったものです。

遠《とお》い昔《むかし》。雪《ゆき》のように白《しろ》い肌《はだ》と、血《ち》のように赤《あか》いくちびる、黒《くろ》い森《もり》のような美《うつく》しい黒《くろ》髪《かみ》をもった女《おんな》の子《こ》がほしいと願《ねが》ったある王妃《おうひ》に、願《ねが》いどおりの姫《ひめ》が生《う》まれます。ところが王妃《おうひ》は姫《ひめ》を産《う》むとすぐ他界《たかい》。王《おう》が後妻《ごさい》に迎《むか》えた王妃《おうひ》は、継子《ままこ》である白雪姫《しらゆきひめ》の美《うつく》しさを妬《ねた》み、猟師《りょうし》に殺害《さつがい》を命《めい》じました。猟師《りょうし》は、姫《ひめ》を森《もり》に置《お》き去《ざ》りに。

生《い》きのびた姫《ひめ》は険《けわ》しい山《やま》を越《こ》え、七人《にん》の小人《こびと》の家《いえ》に逃《のが》れ、かくまわれます。猟師《りょうし》の裏切《うらぎ》りに激怒《げきど》した継母《ままはは》は自《みずか》ら七人《にん》の小人《こびと》の家《いえ》に出向《でむ》きますが、姫《ひめ》の殺害《さつがい》に二度失敗《どしっぱい》。三度目《どめ》に、醜《みにく》い老婆《ろうば》に変身《へんしん》して姫《ひめ》に毒《どく》りんごを食《た》べさせ、魔法《まほう》で眠《ねむ》らせます。小人《こびと》たちは姫《ひめ》をガラスの棺《ひつぎ》に納《おさ》めました。そこへ旅《たび》の王子《おうじ》が通《とお》りかかり、美《うつく》しい姫《ひめ》のなきがらをもらい受《う》けます。すると、王子《おうじ》の一行《いっこう》が出発《しゅっぱつ》したとたん、棺《ひつぎ》がゆれて姫《ひめ》は目覚《めざ》め、二人《ふたり》はめでたく結婚《けっこん》するというストーリー。

ウォルト・ディズニーはこのお話《はなし》が大好《だいす》きで、世界初《せかいはつ》の長編《ちょうへん》カラーアニメーション『白雪姫《しらゆきひめ》と七人《にん》のこびと』（一九三七年全米初公開《ねんぜんべいはつこうかい》）を制作《せいさく》。今《いま》でも名作《めいさく》として、日本《にっぽん》を始《はじ》め、世界中《せかいじゅう》の大人《おとな》や子《こ》どもたちに愛《あい》され続《つづ》けています。

原作《げんさく》を踏《ふ》まえつつ、嫌《きら》われ者《もの》の継母《ままはは》の悲《かな》しい心《こころ》に寄《よ》り添《そ》うようにつづられる、すてきなこのお話《はなし》。あなたが新《あら》たな白雪姫《しらゆきひめ》の物語《ものがたり》として気《き》に入《い》ってくださることを、翻訳《ほんやく》係《がかり》として、心《こころ》から祈《いの》ります。

（岡田好恵《おかだよしえ》）

講談社KK文庫　A22-19

Disney
みんなが知《し》らない白雪姫《しらゆきひめ》
なぜ女王《じょおう》は魔女《まじょ》になったのか

2018年4月25日　第1刷発行

著／セレナ・ヴァレンティーノ　Serena Valentino
訳／岡田好恵《おかだよしえ》
翻訳協力／メディアエッグ
編集協力／駒田文子
デザイン／横山よしみ

発行者／渡瀬昌彦
発行所／株式会社講談社
〒112-8001　東京都文京区音羽2-12-21
編集　☎03-5395-3142
販売　☎03-5395-3625
業務　☎03-5395-3615

印刷所／凸版印刷株式会社
製本所／株式会社国宝社
本文データ制作／講談社デジタル製作

ISBN978-4-06-199671-7
N.D.C.933 191p 18cm Printed in Japan